王蒙幽默小品

尴尬风流

王蒙 著
徐鹏飞 绘

商务印书馆
The Commercial Press
2018年·北京

图书在版编目(CIP)数据

尴尬风流/王蒙著;徐鹏飞绘.—北京:商务印书馆,2018(2018.6重印)
(王蒙幽默小品)
ISBN 978-7-100-14944-0

Ⅰ.①尴… Ⅱ.①王… ②徐… Ⅲ.①小品文—作品集—中国—当代 ②漫画—作品集—中国—现代 Ⅳ.①I267.3 ②J228.2

中国版本图书馆CIP数据核字(2017)第159976号

权利保留,侵权必究。

尴尬风流

王 蒙 著

徐鹏飞 绘

商 务 印 书 馆 出 版
(北京王府井大街36号 邮政编码100710)
商 务 印 书 馆 发 行
北京新华印刷有限公司印刷
ISBN 978-7-100-14944-0

2018年3月第1版 开本 880×1230 1/32
2018年6月北京第2次印刷 印张 11¾

定价:48.00元

小序

应该是二十世纪九十年代初期吧,我在香港读了一些类似《百喻经》中的佛学故事,觉得有趣,觉得耐咀嚼,觉得生活随时在启发人、询问人,也安宁人。我还觉得,每天这样的小经历小见闻小想法小快乐或者小悲哀多了去啦,弄不好一天写一两段,弄好了一天七八段也没有问题。于是我飞快地"笑而不答"起来,最初在沈昌文先生编辑的《万象》上发,配上图,像回事儿。记得我写猴子捞月亮,惹得沈先生感慨万千,觉得许多人的一生经验正是水中捞月。我还写过一个人去超市,见到了一个顾客,长得特别像他的一个死去的同学……这样一个记叙,引起了不止一个友人的兴趣,他们问了我一大堆问题,我只能只想笑而不答而已。

好像我还写过几个老同学相会,大家纷纷述说自己几十年的挫折坎坷不走运与诸种倒霉遭遇,搞得自己从年轻的风流潇洒变成后来的老态龙钟千疮百孔。最后一位与会同学说,他没有碰到任何挫折坎坷不走运,他碰到的领导同事配偶子女俱是完美无缺的……但也同样地老态龙钟千疮百孔了。

写着写着就不能那样拈花而笑地禅虚与绝妙了。在天津《今晚报》上,在《文汇报》上,在《新民晚报》上,我都写了一批这样的微型小说、王氏段子、系列小品。也有出版界的朋友认定那是长篇小说,因为所有小故事的主人公都叫老王,老王的呆气与精明、豁达与大度,给人留下了统一的印象,而且我个人觉得书里那位老王比我本人这个老王更可爱。

　　写多了烟火气就重了,干脆变成了《尴尬风流》。老王八十有三,所经所历,尴尬多矣,尴尬中不无风流潇洒,举重若轻,逢凶化吉,遇难呈祥。尤其是写作人,不论是幸与不幸,你的经验从来没有被糟蹋。一笑兮不答,再笑兮不无尴尬,尴尬兮手足无措,说笑它多多奇葩!

目录

专雹 / 001

招云 / 003

冒雨登山 / 006

山石 / 007

绿化 / 008

千年 / 010

进球 / 012

彩票 / 015

年纪 / 017

剃须 / 019

帽子 / 021

年礼 / 024

立春 / 025

为天下父母尽孝，
予八方儿女解忧 / 026

老友 / 028

见面 / 030

年华 / 031

合作 / 032

正确 / 034

约会 / 036

约会（续篇）/ 037

最好 / 038

类型 / 039

谈天 / 041

曲目 / 042

花篮 / 043

添岁 / 044

金鱼 / 045

胃病 / 047

老歌 / 048

养生 / 049

误传 / 051

意思 / 052

谁呢 / 053

代沟 / 055

作品 / 057

志向 / 059

丰富 / 060

追思 / 061

电话号码春秋 / 063

经验 / 064

吹牛 / 066

自贬 / 067

美元 / 068

老三篇 / 070

老三篇（续篇）/ 072

喝茶 / 073

起舞 / 074

转移 / 075

邮箱 / 077

讲话 / 079

作家 / 081

连锁店 / 083

不期而遇 / 085

举家出游 / 086

鹈鹕 / 088

种树 / 091

日出 / 093

飞虫 / 094

树木 / 095

候购 / 096

讯息 / 099

禁止通行 / 100

不见 / 103

不见（又一）/ 105

不见（又二）/ 106

好坏 / 107

批评 / 109

伊妹儿 / 110

许诺 / 111

许诺（又一）/ 113

胖瘦 / 115

拒绝 / 117

乱码 / 119

时机 / 121

电话 / 122

电话（又一）/ 124

文化 / 126

问安 / 128

挂历 / 129

书法 / 130

相识 / 131

名片 / 133

足球 / 134

足球（又一）/ 135

喜讯 / 136

黄昏恋 / 137

思想家 / 139

CD / 140

鸟笼 / 141

红花 / 144

MP3 / 146

MP3（续一）/ 147

MP3（续二）/ 149

宠物 / 150

多雨 / 154

猫懂话 / 155

骑车人之死 / 156

曹操来了没有 / 158

毋为人先 / 160

爱好 / 162

爱好（续一）/ 163

爱好（续二）/ 164

盆景 / 165

谈判 / 166

悲惨的童年 / 168

儿语 / 171

形状 / 172	喜鹊 / 197
寒鸦 / 173	三次 / 199
一圈 / 174	祝福 / 201
考问 / 176	辞海 / 202
反问 / 177	黄鸟 / 203
数数 / 178	大雪 / 205
人性 / 179	不理 / 207
动物 / 180	杜鹃花 / 208
骆驼 / 181	景泰蓝 / 209
骆驼（续一）/ 183	口误 / 210
骆驼（续二）/ 184	添翼 / 211
叭 / 185	购物 / 213
学话 / 187	手杖 / 214
剧情 / 188	手杖（又一）/ 215
赢家 / 191	成功 / 217
命题 / 192	挂钟 / 218
名实 / 193	梦狗 / 219
剪影 / 194	小巷 / 221
蛇 / 195	大师 / 223

玉兰 / 224

飞牛 / 226

捞月 / 228

玉兔 / 229

花开得早 / 230

柿子 / 231

榴梿片 / 234

风铃 / 235

风铃（续一）/ 236

风铃（续二）/ 237

吊灯 / 238

吊灯（续篇）/ 240

灭蚊 / 243

荞面 / 244

荞面（续篇）/ 245

百合 / 246

果子狸 / 247

高压锅 / 248

君子兰 / 249

名画 / 251

名画（续篇）/ 253

手机 / 254

手机（续篇）/ 256

草帽 / 258

盆花 / 260

鲜花 / 261

鲜花（续一）/ 262

鲜花（续二）/ 263

白鹅 / 264

抛掷 / 265

樱桃 / 267

樱桃（续一）/ 268

樱桃（续二）/ 270

心猿 / 271

意马 / 272

目标 / 275

明月 / 276

明月（续篇）/ 277

唐装 / 278

月饼 / 280

木塞 / 281

春饼 / 283

餐具 / 285

音乐响铃 / 286

过年 / 288

月亮 / 290

落叶 / 292

氧气 / 293

纳兰性德纪念馆 / 295

修路 / 297

长寿的关键 / 298

短信 / 300

赏月 / 302

赏月（续篇） / 303

您是哪位？ / 304

最好的诗 / 307

静坐的老人 / 308

致敬 / 310

青云直上 / 312

老张的486 / 313

老张的486（又一） / 315

谁傻 / 317

悲哀 / 318

遗产 / 319

音乐墙 / 321

有人听到了 / 323

对话 / 325

茶花女 / 326

N年畅想曲 / 328

凌晨观看比赛 / 329

老王评球 / 332

章鱼保罗与我们心连心 / 334

裁判新论 / 335

电影院 / 338

康乐餐厅 / 339

老腌儿萝卜 / 340

笔帽 / 341

未来 / 342

缠腰龙 / 344

围巾、头巾 / 346

古城 / 349

美丽 / 350

美丽（续篇） / 351

专雹

夏日，老王与朋友们一起爬山，碰到大雨，他们找了一个亭子避雨。眼看着大团的云雾向自己扑来，人们陷入了云的深处。云雾飘来飘去，时浓时淡，浓时对面看不到树，淡时对面山峰的轮廓一点点显现。世界处于时隐时现、或隐或现之中，他们觉得很有趣。老王还吸了吸鼻孔，想闻一闻云雾是什么味道——似乎有一点硫黄味。

一位年龄最大、地位最高、不无官体的老友豪迈地连打几个喷嚏，缩短了久未见面的老人们的距离。老王哈哈大笑。

这时老王有所发现，惊呼："下雹子啦！"

打喷嚏的大人物四周看了看，说："别咋呼，哪儿来的雹子呀？"

大家随声附和，都说没有雹子。

老王深感受辱，虽然他年岁愈来愈大，成绩愈来愈小，但什么是雹子他还是知道的，而爱打喷嚏的老哥虽然级别、资历、成就、财产、名声都比他强得多，但总不能因为自己没有看到雹子就否认雹子的存在。老王跳到雨里拿起那粒亮晶晶的雹子，喝道："睁眼看啊，各位，这就是雹子！"

大家笑得更厉害了，一致认为天上掉下来的只有此一粒雹子，一致命名此雹为老王的"专雹"，并分析说老王虽然没有专机、专列、专车、专家待遇，但从上苍那里获得了专雹，也算很有面子啦。

老王听了很不接受，便指着愈来愈多的雹子叫大伙看：什么专雹？看，现在雹子已经愈下愈多了！

众人分析说，众多的雹子是刚刚下来的，刚才，只有一粒专雹。两分钟前，你获得了专雹，这已经很不错了，你不能老是想垄断；两分钟后，群众也开始拥有了雹子，你有什么不平衡的吗？

招云

为专电的事老王的气还未平息，突然，爱打喷嚏的老友又发现了新情况，他叫道："看啊，所有的云朵都往老王头上飞，老王真是招云啊……"

老王让他说得五迷三道，恍惚中感觉到一朵朵的黑云白云灰云褐云黄金云都在向自己飞来。

他长啸一声，随口诵读了古人吟咏九华山的诗：

> 一峰天半明朱霞，一峰晦黯招云车。
> 一峰晴明一峰雨，一峰崛立一峰舞。
> 如笏如斧如覆钟，如矛如刀如戟丛。
> 突如塔顶摩苍穹，削者如圭锐者笔。

他的即席背诵令诸同学一怔，然后是好评如潮，都说："瞧人家老王，毕竟是当年考第一的人啊，说到哪儿就有哪儿……"

我乃招云者也。老王想起来有一点快乐。一生蹉跎，一事无成，却居然能在山顶上阵雨中招来一大堆云团。以之形容女生，应为姣好国色；以之形容男士，应为奇人逸士。哈哈哈哈——他感到自身颇有阿 Q 意味。

至于说到当年考第一，老王发现，凡是当年考得好的

招云

老同学，人生中成绩都很有限，都是些连个响亮的喷嚏也打不出来的窝囊人。他不免想起了一副扬州名联："从来名士皆耽酒，自古英雄不读书。"

招什么云，招云干啥！

冒雨登山

雨愈下愈大,没有停下来的迹象,时间已近下午四点,大家上不着村,下不着店,天如果黑下来,就麻烦了。

诸位老哥们儿一起兴,决定冒雨登山。在顶峰上,有他们预订好了的三星级酒店。

在这一群人中,老王属于年龄偏大、身体偏弱的一类,但他一想,再无他法,便也鼓起勇气,大喝一声:"走!我没问题……"

开始时,他们走走停停,遇到雨大躲在树下避一避,很快全身湿透,避雨已经毫无意义,而只能延误时间,品味湿冷,于是他们改为不声不响,不抱怨不懊悔,埋头登山。好在管理部门修了防滑的山径,他们一边气喘吁吁,一边擦着脸上的雨水,一边吐着溜入嘴角的雨水,一边咳嗽着一心爬山。

几十年了,好久没有这样雨中登山赶路了,老王想起一九五八年冒雨"大跃进"的年代,想起了毛主席。

终于,两个小时后,一群老家伙登上了绝顶,找到了酒店,进入了房间,打开了暖气……

多么快乐。

明早还要早起看日出。

山石

老王登山以前就被告知，山上山下有许多奇石，非常可爱。有的由于地质的变迁出现了明暗相间的花纹，有的由于水流的冲击形成了非常圆润的形状，有的特大，有的歪七扭八……

一位爱打喷嚏的老友表示他愿意提供协助，给老王弄一块巨石拿到家里，摆到门厅，给公寓房带来大自然的气息，把城市一般性生活与名山名石历史地理联结起来。老王被说得心动，见山而鼓舞，见石而艳羡，见泉水而思饮，见野菜而思食，见美景而思拍摄放大，见树木花草而考虑能不能插入自家的花盆里。他产生了万物皆备于我的愿望。

游山之后，老王非常满足，他相信石头应该待在石头所待的地方，花草应该长在花草应该长的地点，泉水应该在山石中潺潺流过，松树应该在山坡石缝中冬夏常青，就像太阳自然在东方升起，雨水自然在该下落的时候降下。他老了老了又游了一回山，看到了、闻到了、摸到了、淋到了山、石、雨、太阳、月亮、云雾、花草、树木、石径、小庙、酒店。他已经什么都享受过了，什么都拥有了。他再不需要把任何东西搬回家去。

绿化

名山的工作人员指着一大片松林介绍说，过去这里并没有多少树，现在山上百分之七十的树都是五十年代种植的。他讲解着油松、白皮松、马尾松、云杉……告诉老王他们：这些都是一九五八年前后种的，当时规定，所有县城的人都要上山种树，每个人都有指标，而且要包活。为了成活率，许多人是冒着大雨来种树的。老一辈的人回忆起种树来，有许多"古"好讲呢。

老王蓦然心动，其实一九五八年他在北京郊区也种过树，他知道怎样挖鱼鳞坑，怎样像发了疯一样地拼着命挑水上山浇树，他也在大雨中挖过树苗，再冒雨将树苗栽到鱼鳞坑里。那时候一边干活一边唱歌："共产党号召把山治呀，人民的力量大如天，蟠龙山上，锁蟠龙呀……"

整整五十年了，他在北京郊区种过的大量油松也该长起来了吧？也苍翠一片了吧？时间过得这样快，树木长得这样慢，种树可要趁早！要是那时候不种，现在怎么可能长这样高呢？人到七十多岁，去看一看二十多岁时种过的松树，这是很有意思的呀。我们傻干过，苦干过，盲目干过，事倍功半地干过，费力不讨好地干过……然而，总算留下了一点树荫吧。

他心里确有一大片苍翠，一大片青山。他不无自慰。

绿化

千年

老王与一些老友聚会。一位消息灵通人士说，现在欧美正在研究用松、柏、龟、鹤等的遗传基因代换人的基因，如果成功了，人的寿命将可延长到一千岁。

A朋友说，太好了，只是不知道我们能不能赶得上这样的好事！

B朋友说，好个屁，活一千年，你烦不烦呀？你儿子烦不烦呀？你们单位的会计烦不烦呀？

C朋友说，要是都活一千年，现在王安石、苏轼还都活着呢，现在还在争论变法应该不应该，太可怕了！

D朋友说，那也不错，那我们上中文系的时候系主任是欧阳修，研究生导师是辛弃疾，你们呀，你们不到六百岁保证评不上高级职称！

E朋友说，你们怎么都这样解不开事儿呀？年龄呀寿命呀其实都是相对的，如果大家都活一千岁，那么过一年也就和现在过一个月一样，六百岁的感觉也不过就是现在的四五十岁，五十乎一百乎一千乎一万乎，只要有个头，对于无限大来说都是近于零，其实彼此是没有什么两样的。

F朋友说，我同意老E的见解，你们忘记了苏东坡的《赤壁赋》了吗？说着，他摇头摆尾地吟道：

苏子曰："客亦知夫水与月乎？逝者如斯，而未尝往也。盈虚者如彼，而卒莫消长也。盖将自其变者而观之，而天地曾不能以一瞬；自其不变者而观之，则物与我皆无尽也，而又何羡乎……"

众人大惊，想不到 F 兄的学问这么大，什么都是倒背如流，真乃文化泰斗，埋没了也，埋没了也！

进球

老王受了时尚的影响，决心认真看世界杯足球赛。他甚至上了闹钟，有时候半夜一点，有时候两点，有时候三点半，有时候四点十五分，叫醒自己看球。

奇怪的是，连续几次，他球是看了不少，球星的名字也记住了不少，就是没有看到进球。他强睁着倦眼，连续看了三十三分钟了，看见的都是球在球员脚下传来传去，哨在裁判员口上吹来吹去，小旗在拉拉队员手中挥来挥去，就是没有看到进球。他刚打了一个盹，眼睛刚刚一闭上，一阵轰然，睁开眼，原来是球进了，底下是没完没了的各个不同角度的慢镜头，重复播放进球的场景。已经不是当时，已经过了一秒或者一又二分之一秒了。

要不就是他正好上厕所；要不就是他忽然感到腰背硌得慌，回头整理了一下靠着的枕头；要不就是忽然着了冷气打了一个喷嚏，眉头一蹙眼睛一挤鼻子一痒，球进了，他仍然没有看着。

怎么那么巧？怎么那么倒霉？怎么连夜看足球的老王竟然看不到进球？

当他把这段经验告诉朋友们的时候，大家都哈哈大笑。老王说："其实我一辈子都是这样，一到关键时刻准掉链子……"

进球

朋友安慰他说:"重在过程,重在过程嘛,你看的是过程嘛……"

老王突然无礼,说:"去你妈的!"

朋友摇头,从来温、良、恭、俭、让的老王为何口出不逊?风气啊文明啊传统啊,夫复何言?唉!

彩票

老王和一些老朋友聚会，说起他们熟识的一位著名老专家得了肺癌，只有一年的活头了。又说起另一位老领导的孙子买体育彩票，获得了百万元特等奖。

一位富有想象力的朋友便提出了一个问题：如果你得了百万元，同时得了重病，只剩下一年时间了，而且假设这一年你仍然很健康，你打算怎样过这一年十二个月呢？

好几个人都喊叫："我们要好好享受一下，我们这一代人过得太苦了！"

便又问："你想享受什么呢？美食？醇酒？华屋？高级轿车？高尔夫球？旅游？欧、美、澳、南非好望角？"

几个人都傻了，是的，又有什么可以享受的呢？美食可能引起腹泻。白酒可能提前要你的命。购华屋您的彩金并不够，还要装修什么的，您不怕累死呀？高尔夫球？你会打吗？金窝银窝，不如你自己的狗窝，到了国外，你又有什么兴致到处瞎转悠呢？与其跑国外，还不如回自己的故乡回自己的故土叶落归根与你老乡亲同在呢。

说是说得好。家乡的医疗条件呢？我并不希望出现医疗上的奇迹，我只是希望少受一点活生生的痛苦。

我只希望再恋爱一次。为此，我可以把最后的一年减缩为一周或者一昼夜。老友中的一位诗人说，他半生以风流而著名。

你不想想你得用多少伟哥吗?

反正用不了五十万块钱的,另外五十万块钱给我的对象。(不像恋爱,倒像是购买……)

我希望回归大自然,到雪山上,到大湖边,到草原,到森林,到海滨,到太空,到南极,到峡谷,到河流,到……

我希望买很多画,(得了吧,您知道现在一张画多少钱吗?)或者至少能买到半张或少半张名画……

我只希望再听一次程砚秋的戏。

您再有一万亿,也无法请回程先生了。

要不我捐给孤儿院?我一辈子还没听到过专门给我的掌声呢。

只要你老婆和孩子同意。

……

最好不要得特等奖,也不急于得肺癌,就像现在这样,该活几天就活几天,该花多少就花多少,挺好。

于是大家哈哈嘿嘿嘻嘻。

还有一位愤世嫉俗者大喊:"我就是要得一百万块钱,我要是得了这么多钱,我当着你们的面把它全撕了,全烧了!"(这个情节出自他老兄年轻时看的苏联故事片《白痴》,根据陀思妥耶夫斯基的原著改编。)

年纪

老王和朋友们讨论年纪究竟意味着什么。

一位医生朋友说：主要是指酸性物质的积累，骨骼钙含量，性功能，激素，心脏，血管壁，眼睛水晶体，皮肤弹性，神经抑制与兴奋的平衡……

又一位好友说：关键是政治上的成熟化，感情上的冷静化，知识上的渊博化，思维上的全面化，体力上的盛极而衰……当然，社会地位与工资收入会越来越高。

一位爱听相声的朋友说：早总结出来了，小时候有牙，没有花生豆儿；老了，有的是花生豆儿啦，您没有牙了您哪……

一位作家说：年轻的时候，想得到的愿望特别强烈，但是大多得不到。后来得到了，已经反应淡漠了。

听相声的朋友说：哎，别学我好不好？

一位注意弘扬传统文化的朋友说：孔子说得好，吾十有五而志于学，三十而立，四十而不惑，五十而知天命，六十而耳顺，七十而从心所欲不逾矩……

一位爱读书报的朋友说：一位老学者兼老革命是这样说的，十有五而志于学，三十而怎么怎么着，四十而惑，惑而不能解……五十六十七十也不是到了几十才粗知天命。

老王说：三十而立未必立，四十不惑常常惑，五十知天命有点吹，六十耳顺上哪儿顺去？谁不是只听得进表扬，而一听到批评就来气？我有一个好朋友，只因为我冒险进了一次言，到现在还不理我呢。至于从心所欲呀，我估计我一百零八岁以后如果活着，没准儿能做到少许。我唯一做到的倒是三十而想学，如今快八十了也还想学，只是学得不得法……

一位文学家朋友说：年龄的变化太机械了，为什么一岁以后就一定是两岁？为什么二十岁以后就一定是二十一岁？我希望将来发明一种软件，用这种软件，一个人的一生可以重新编排，比如说一生下来是八十三，然后是二十六，然后变成婴儿，然后参加老年模特儿大赛，然后任命成科长，然后参加少年合唱团，然后动手术割前列腺……

怎么这么乱乎！

一位数学家朋友说：一点也不乱，那时，一切顺序将重新排列，现在八十三岁的人的样子变成了婴儿，当科长的年龄一般是在现代七十三岁的发育阶段，数序序数，本来只是说明一个顺序，内容还不靠生活来填补？

好多朋友听后说是脑仁儿疼。

剃须

在母校的校庆联欢会上老王被问到一个问题:"你现在怎么刮脸?用蓝吉列剃须刀还是广州、上海国产刀?为什么中国的太空人都上天好几回了却生产不出好的剃须刀来?抑或你是用电动刀?如果是用电动刀,你用的是交流电的,直流电——电池的,充电的,还是交流电兼充电电池的?日本产?荷兰产?韩国产?本国产?"老王一一做了回答。

看法不一,大部分人说是电动的方便,小部分人说是刀片舒服。于是大家叹息,现在是方便第一,这是民主潮流的结果,越民主快餐就越发达,越民主诗歌就越式微。

然后大家改谈电视机。你家的电视机是什么类型的?显像管的?等离子的?液晶的?二十英寸的?二十九英寸的?三十三英寸的?三十九英寸的?……五十英寸的?

一位教过中文也写过文章的老同学制止了他们的谈论,说是说点别的吧,一个受过高等教育的人,又是在毛泽东时代生活过的人,如果没完没了地谈论家电,中国的人文精神还有什么希望?

于是大家承认还是用刀片剃须更有情调,还是理发馆里的理发师会剃须,唉,那个时候也没听说过艾滋病,那个没有艾滋病的时期,进理发馆不就是为了理发和刮脸嘛……夫复何言？

后来一位学哲学的朋友说，更彻底一点，还是道貌岸然家不刮胡须更富有人文精神呀。工业呀，科技呀，电器呀，叫我说你们什么好？

帽子

天冷了,老王买了一顶羊绒帽子。他戴着这顶好看的帽子去餐馆吃饭,餐馆很热,他摘下帽子放在一边,吃完饭不戴帽子就走了,到了家才想起来,再去餐馆,新帽子没有了。

老王挺丧气,不服输,心想,我这一辈子丢掉的好东西好机会钱包存折全国通用粮票多了,一顶帽子何足道哉!现在月薪也比过去多了,我争口气再买一顶更高级的帽子。于是他到超市去,买了一顶日本进口礼帽。没出三天,他去看望朋友,临行时把帽子落在朋友家里了。这回倒好,他回家后一个电话,朋友说,对对对,帽子就在沙发上呢,有空我给你送去吧。

老王说不用,我去拿吧。朋友说不用,我给你送去。他们互相谦让一番,朋友提出,他的儿子女儿都有私家车,给他送帽子方便。老王不好再推辞,再强调自己去倒像是害怕朋友不给自己送还帽子,或者怕朋友来自己家,自己还要开饭招待似的。

一个星期过去了,两个星期过去了,帽子还没有来。而天气愈来愈冷了,老王咳嗽、流鼻涕、偏头痛……妻儿和电梯工都说:这么大岁数了,这么冷的天,怎么能不戴帽子!

帽子

老王一怒，买了顶更高级的帽子，意大利华伦天奴牌子，挽起"耳朵"来是鸭舌帽，放下"耳朵"是全副武装的御寒帽，而且极其漂亮的外观却标着百分之百的棉花织品制成。真先进啊……当然也可能是水货。

新帽子来了以后，第二次的日本帽子也送来了，他招待朋友吃了烤鸭。两顶帽子在手，也就不咳嗽不流鼻涕不打喷嚏了。老王得意扬扬地想，随你西伯利亚冷风入侵，我自岿然不动喽，我算是尝到了小康的好处喽……且慢，一下子就买三顶高级帽子，岂止小康，中康大康也差不多啦！

为了避免丢失帽子的习惯性事件再发生，老王出门干脆不戴帽子了，隔些日子他翻翻自己的衣帽橱，看到两顶崭新高档帽子安然无恙，不但不会丢也不会脏，觉得非常踏实，非常幸福。同时想，其实我还有一顶丢在餐馆里的新帽子呢。

年礼

新年到了,老王的朋友来看望老王,而且朋友们不约而同地不叫他"老王",而叫他"王老"了。

朋友们送来了各种贺岁礼品,有鲜花和假花,有咸水鸭和扒鸡,有陶罐和瓷瓶,有红绿花茶和大小颗粒的咖啡。

几天后,谁送了什么谁没有送什么,全部混作一团了。

老王与太太试图回忆:这一包是谁的?那一袋是谁的?

他们得出的结论是朋友们的,而且还有那么多朋友,他们送来了祝福与问候,想念与惦记。

立春

一直盼着下雪,可老是没有雪。朋友们都在回忆,六七十年前,这一带每年冬天下多少雪呀,雪堆得房门都推不开。当然,那个时候人们还不知道啥叫公寓楼,那时候的小学课本上还有堆雪人、打雪仗,还有春姑娘和雪姑娘的故事,说是春姑娘来了,雪姑娘就走了,害得孩子们心里酸酸的。

那时候雨也多,又没有排水设施,一场大雨后,胡同里的积水齐腰深。

那时候雨后胡同里有蜻蜓飞翔,入夜有萤火虫,黄昏时常常看见蝙蝠,秋天看到一排排大雁,春天看到成群的小燕子,冬天看到遍天的乌鸦,房间里有老鼠、土鳖、蜈蚣、蝎里虎子(壁虎)……

老王和朋友还谈道,那时候没有电脑,不费钱也不费眼睛,更不会网络成瘾,耽误功课。那时候都喝散白酒,没有假冒也无须假冒。那时候北京的天空特别蓝,书上是这样形容的:天空蓝得像是在北京,要不就是在马德里……

只是在朋友们散去以后,老王才摇摇头,心说:我们可真是老了……

为天下父母尽孝，予八方儿女解忧

老王应朋友之邀，到郊区钓鱼，完事后绕着湖区散步，看到一处大场院，门口挂着"幸福老年公寓"的牌子，两侧是一副对联，上书：

为天下父母尽孝，
予八方儿女解忧。

离这副对联很近的地方还有广东早茶、必胜客比萨、北京炸酱面等的招牌。

老王叹道，你们这儿可真好啊，亦城亦乡，亦土亦洋，好去处也！

老王想起他与老伴多次说过的，年龄再大几许，生活有困难的时候，就住养老院去，绝不给子女增添太多的麻烦。

他与太太、朋友一道入内参观。结果令人大惊，除了一排小房，没有公寓，没有老人，没有父母也没有子女，没有早茶也没有比萨。这排房子的多数，用砖堵上了门，闲人忙人谁也甭想进。此外有几株树。

老王终于找到一间房，里边有几个人在玩扑克。老王去敲门，谁也不理。再敲一会儿，一个人看了他一眼向他摆了摆手。

　　……事后许多天，老王想起来就觉得哭笑不得。他发挥自己的想象力：是不是开发商被抓了？是不是假开发？是不是没钱啦？

　　朋友说，已经十年了，这里一直是这样，好像有过一点什么幻想，至今什么都没有。或者，也许明年突然就搞成了？

老友

老王的一位老友故去了，老王很难过。

过了不到一个月，一天他去超市购买食品，大包小包带着食品回家，过马路时远远看到一个人——就是他的才刚故去的朋友，在旁人搀扶下徐徐走来。

老王又惊又吓，心怦怦然。

这位朋友身材外貌打扮都比较特别，他个子很矮，下巴颏上留着圆圆的大胡须，经常戴一顶西式小礼帽，有点像外国人。现在远远走过来的这个人这些特点与他的友人完全一样，连走路时一跛一拐的样子也没有区别。

只是走近一点以后，老王开始怀疑：也许不是他？

又走近了一点，更加不像他。

走到眼前来了，该人根本与老王已故朋友未有共同之处。

呵，是的。当然，当然不是啦。

老王不知道自己是安心了还是失望了，走了的故人不再回来，看着像故人的不是故人，是陌生人。

老王不知道是应该感谢这个人使他忆起了故人，还是埋怨自己的朋友，打扮得越是奇特就越容易与旁人撞车，越是有特点就越容易失去自身，而只剩下了特点。

一切特点都是容易模仿、容易失去独创性的。何况那种胡须、那种礼帽本身也并非故人原创。

有很多人彼此相像,他们也是永远留下了自己的身影与面容了吧。

最终,谁也不是谁。

见面

老王有重要的事情要告诉老刘,与老刘约好了在市场东门见面。到了钟点,老刘没有来。老王想,老刘这个人,一贯马虎,说不定他把约会地点记成西门了。于是他赶到了西门。在西门等了五分钟,老王又想,也许他记成南门了。于是他又跑到南门。

整整一个多小时,老王围着市场东西南北门找老刘。老刘也是同样的逻辑,围着市场东西南北门找老王。最后,谁也没找着谁。

第二天他们没有约会,两个人在市场附近碰上了,两个人同时叹息:"两个人见一次面怎么这样难!"

叹息完了,又叹息:"见一次面怎么这样容易!"

年华

星期天,几个老同学聚会,一个个叹息不已。第一个说:"我家的房子太窄小了,三口人只住着二十平方米。看呀,我愁得头发全白了。"

第二个人说:"几十年过去了,我的工作一直不顺心,而且我一直与顶头上司搞不好关系。这不,我气得一口的牙全掉光了。"

第三个人说:"房子窄,与上司关系搞不好,又有什么关系?我这几十年全用来结婚离婚了,打一次离婚官司我老一回。看,我的腰都直不起来了,我成了大罗锅了。"

第四个人说:"你们都比我幸福多了,去年,我的女儿死了,今年,我老伴又过去了。我现在有心脏病、胃病、肾病、肝病、妇女病……这不,我的脸上已经全都是皱纹了。"

老王说:"我是最幸运的,我的房子一直很宽绰,我的工作一直很理想,我与上司的关系一直很好,我的老伴对我一百一,我的家庭成员个个身体健康,我不愁,不气,不急,可你们看,我也与你们一样地老掉了。"

合作

老王的妻子很注意保持好心情，遇有亲友来访，她热情地出去欢迎，但当亲友离去时，她根本不相送，以免送行时自己伤感。这样老王便专门送客，有时送到机场，有时送到火车站，有时送到公共汽车站，至少也送到门口。

慢慢养成习惯，客人一到他就计划着怎样送走。他发现，送行也是很愉快的。许多亲友很有节制，告辞得很及时，令他依依不舍，深感人际关系美好，人不可以离群索居。有的客人特别是已退休者比较黏糊，嘴里说着告辞，一坐又是一个小时；最后由他送行，人有一种解脱感、轻松感。还有外地生活的老友，好不容易来一趟，却受时间限制，不能畅谈尽兴，送别时他心情正在浓酽处。

所有去他们家做过客的人都觉得他俩合作得很好。

合作

正确

老王的好友老李得了一种病,他想来想去就是觉得自己正确。他见了人就说起二十年前他召开的一次会议,对那次会议后来有不同的看法,他说:"那一年,在什么什么地方,那个会的方向是正确的嘛。"

听的人唯唯,因为听者根本就不知道那次会议,也对那次会议毫无兴趣。

老李的朋友老赵得肝病死了,老李也愤愤不平,他见了人就说:"从开头我就劝老赵不要动手术,要练气功,他就是不听!如果他听了我的正确意见,哪儿至于死呀!"

听的人唯唯,他们大多不认识老赵,不了解老赵的病情,也不明白老李何必对医学问题这样坚持己见。

每次吃饭他也表白自己的正确:"我本来主张在家里吃的……"他说,当他邀请旁人在馆子里吃饭的时候。"我本来主张出去吃的……"他说,当他的朋友在他家里用饭的时候。他的朋友们很尴尬,因为一边吃请一边设想本来依老李的正确意见会吃成另外的样子,他们觉得有点费解。

每次看报,看到一篇刊出地位显赫的文章,他读完就会生气:"这个观点我早就讲过了嘛,事实证明我是正确的嘛。现在他们才认识到!"

甚至每次上完厕所他也痛心不止,他说:"怎么除了我别人硬是尿得不是地方！"

老李得了重病，忧心忡忡，几至于不治。老王去看他，给他送了一个匾："你永远正确"。

老李看了匾，热泪盈眶，含笑而去。

约会

老王与多年不见的老朋友约好十五日到郊外一家公园会面,老王十分激动。结果他错记成十四日,提前一天就到那座公园等了一个小时。老友没来,老王悻悻地回了家。

回家翻了翻日记本,明白是自己记错了时间,不免叹息自己糊涂。

接着他犹豫起来了,第二天还去不去呢?再跑一趟,花上几个小时,太过分了,见老朋友固然重要,跑两次郊区却没有必要。故人相会,无非是那一点心意。那点心意头一天已经表达出来了,再跑郊区反而有点多余。如果不去呢,也显得荒谬,在错误的时间去了,并以此为理由拒绝在正确的时间去赴约,又不符合逻辑。

那么,他去不去呢?

约会（续篇）

一位多年未见的老同学（当年她与老王之间还真有那么点意思呢）与老王约好了在繁华街市的某个什么星巴克咖啡馆见面。临到约会前一个小时，突然天降暴雨。这个城市已经十几年没有下过这样的大雨了，市民早已经忘记老天会在这里降下这样的大暴雨了。然而，恰恰在老王与当年老友约会的那个时间段，暴雨如倾缸，如瓢泼，如天河下泻。

于是交通堵塞，电闪雷鸣，蚁民四窜，店铺进水，百业停顿……不用说，老王没有见到与自己约会的老友，而且他濯雨成病，高烧三十九摄氏度。

此后老友杳无音信。

怎么会是这样的呢？真有什么天意吗？你要的是温习脉脉旧情，你得到的却是愤怒疯狂的大雨。

最好

老王参加老同学的聚会，被要求讲一段最好的话。

他想了想，便说："我想给你们讲一段最好的话，它应该很真实，很乐观，很有趣，很幽默，很精练，很丰富，很深刻，很通俗，很政治，很个性，很温暖，很严肃，很潇洒，很高明，很慎重，很自由，很奇妙，很平实，很朴素，很纯洁，很老练，很勇敢，很妥当，很形象，很概括，很探索，很创新，很确切，很尖锐，很全面，很中听，很得体，很天真，很青春，很国际，很民族，很普罗，很潮流，很分寸，很高瞻远瞩，很势如破竹，很有的放矢，很海阔天空，很平易近人，很如沐春风，很醍醐灌顶，很当头棒喝，很振聋发聩，很特立独行，很随缘自在，很天衣无缝……请问，我应该怎么讲呢？"

大家开怀大笑，觉得不妨说他讲得已经很不错了。

类型

老王对朋友们的性格做了一个小测验：

他提出一个问题："你怎样对待旁人欠你的钱？又怎样对待你欠旁人的钱？二者对你的影响有什么区别？"

老李说："我欠旁人的钱我常常忘记；别人欠我的钱我时时盘算着。"

老王说："你是一个利己主义和悲观主义者，你是一个潜在的癌症患者。"

老赵说："我欠别人的钱我牢牢记着，尽早归还；别人欠我的钱，我常常忘掉。"

老王说："你是一个不可救药的面子主义者，你谨小慎微而又恪守义务，但你也可能是个真正的好人。"

老岳说："我欠人家的也好，人家欠我的也好，我都常常忘掉。"

老王说："你是一个乐观主义者，你说不定能成仙得道，但也像是一个白痴。"

老聂说："我欠旁人的也好，旁人欠我的也好，我全都记得一清二楚。"

老王说："你是一个教条主义者，你这一辈子不会有大出息，也不会干出什么大的蠢事。"

老马说："我这一辈子压根儿就没跟旁人借过钱，也从来不借钱给旁人。"

老王说:"对你,对你,我无可奉告。"

谈天

老王星期六的深夜接到一个电话,电话里的一个女声一上来就说:"哎,老同学,你猜猜我是谁?"

老王完全没有印象,但对方的亲昵口气又使他不敢造次,他说:"啊,啊,这个,这个……"

对方说:"你太不像话了,怎么连我都忘啦?我是小×呀。"

老王没听清楚,但也不好再问了,他说:"噢噢噢,你好呀。"

"哎,好什么呀,这不,都退休了,也没有职称,也没有官衔……"

他们在电话里聊了差不多一个小时,谈了工作的事,人际关系的事,社会风气的事,廉政的事,子女的事,高血压的事,糖尿病的事,住房的事,买车的事……

到了,老王也不知道她是谁。

曲目

一位做文化调查的朋友问老王:"你最喜欢的音乐曲目是什么?"

"是古琴曲《阳春白雪》。"老王答。

朋友做了记录,告辞。老王止住了他,说:"其实,我真正喜欢的是一个外国曲子,对不起,我说的是门德尔松的G小调小提琴协奏曲。"

朋友改了记录,走了。

晚上,老王给朋友打电话:"对不起,我认真想了想,我最喜欢的还是肖邦,他的奏鸣曲、练习曲、协奏曲我都喜欢。"

朋友笑了,他说:"按我们的体例,你总得说一个具体的曲目呀!"

老王说:"那你随便替我填写一个曲名吧。"

朋友很不高兴,他说:"无论如何你不应该这样不尊重我的调查呀!"

老王语无伦次,不知道说什么好。

沉默了好一会儿,老王说:"要不不要填肖邦了,你干脆就填昆曲《牡丹亭》吧,那是我最最喜爱的曲子啊。"

朋友"咣"地摔掉了电话,从此与老王绝交。

老王自己每想起来,也惭愧不已,想不到自己竟这样不成样子。

花篮

老王七十岁生日那天,收到了一个大花篮,花篮里有玫瑰,有康乃馨,有龙舌兰,有马蹄莲,有大百合,反正是太漂亮了。花是邮局送来的,署名是王之友。

老王挖空心思,想不起"王之友"是什么人。可能是老李,老李是老王的老朋友老同学;可能是老刘,老刘在那个特殊的年代曾经与老王结下了深厚的友谊;可能是小赵,小赵是老王的忘年交;也可能是大周,大周最讲义气,也最懂礼貌。

后来,老王见到了这些朋友,他弄清了,那个最最漂亮的大花篮,不是老李,不是老刘,不是小赵,不是大周,也不是老 X 小 Y 大 Z,总而言之,不是老王熟悉的任何一位朋友送来的。

有意思,我得到了美丽的花篮,却不知道是谁送的。人生真奇妙呀。

为了这花篮,为了人生的奇妙,老王感谢所有相识和不相识的人。

添岁

快过新年了,朋友对老王说:"唉,过了新年,我们又添了一岁啦。"

老王说:"中国人从来不考虑新年,添岁是以后的事。"

新年过后不久,又该过春节了,朋友说:"唉,过了年,咱们又增加一岁啦。"

老王说:"还没过生日嘛,等过了生日才算是增加一岁呢。"

到了朋友的生日了,朋友说:"唉,我是又老了,天增岁月人增寿哇。"

老王说:"还没到年关呢,不忙着算岁数嘛。"

金鱼

老王买了一个能自动净化、补氧和换水的大鱼缸，然后买了几条金鱼，看书或者做家务累了，他就观鱼而羡其乐。

朋友们来了，主要话题就是金鱼，总的意思就是说鱼很快乐，在老王的大而先进的鱼缸里就更快乐，它们自由地游来游去，轻盈灵活，无忧无虑。一位朋友甚至说希望来生托胎为鱼。

"你是我最好的朋友，如果你来生是一条鱼，那么我就还要做养鱼的人，我将用最好的鱼缸养活你，免得你落到顽童或者坏人手中。"老王说。

那个人说："胡说八道！"

金鱼

胃病

老王的朋友老卜得了严重的胃病，许多好吃的东西都不能吃了。

老王听说后一再告诫自己与自己的家人："以后要注意了，不要吃太多油腻的食物，不要吃太多生冷的食物，不要喝太多酒，不要暴饮暴食，不要到时不食……"家里人都说他说得对。

老王的另一位朋友听说老卜得了胃病后反而大吃大喝起来，他告诉老王："人家老卜什么好东西都吃过了，得胃病也值；我呢，一辈子省吃俭用的，万一也得了胃病岂不亏杀！趁着没患大病，赶紧吃喝吧。"

老王大笑。

过了半年后，老卜好了，又与老王常常聚会吃喝起来了。

老歌

一位老同学对老王说:"老王,快快帮我想想,那个咱们年轻时候最爱唱的歌儿怎么唱来着?"

老王问道:"你说的是什么歌?"

老同学回答:"我忘了。"

"那个歌的名称是什么呢?"老王问。

"什么题目来着?哎呀哎呀,您瞧我这记性……我也忘啦。"

"也许你还记得它的调?开头一段或者中间一段或者结尾一段也行……"

"我,这个我,我……我也忘了。"

"是苏联歌曲吗?是陕北民歌吗?是马可作曲吗?是意大利拿玻里歌曲吗?是流行歌曲吗?是艺术歌曲吗?是戏曲片段吗?……"

"忘了,忘啦,忘喽,忘也,忘忘忘忘忘……了。"

"那你让我怎么帮你想呢?"

这时那个老同学"嗷"地一叫,他说他想起来了。等老王再问他,他不出声了。

养生

近日连续有几位比老王还年轻一点的朋友去世了,老王去参加追悼吊唁,心里很不好过。

老王去参加一位比老王年长三十多岁的教授祝寿的活动,见到老人精神奕奕,身兼几十种社会职务,不免大受鼓舞,觉得一切都是来日方长,大有可为。

他问老教授:"您的养生之道是什么?"

教授说:"说来别人不信,我的养生之道的关键就是'不养生'。我既不吃补养品,也不刻意锻炼健身;既不定期检查身体,也不拒绝病时服药……"

老王大喜,乃悟:以养生而养生者,养生之末流也;以不养生而养生者,养生之道可道非常道者也。

养生

误传

老王当年有一好友老毕,后来两个人疏远了。

老毕重病,病危,托人带话说是希望与老王见一面。老王买了鲜花和营养品去看他。老毕说:"年轻时我们是很要好的,为什么你后来对我冷淡起来了呢?"

老王说:"是啊,为什么呢?你说这是为什么呢?"

老毕气喘吁吁地说:"说是有人向你说,我说过你'不学''无能',于是你就再也不理我啦。"

老王听着,有点像也有点不像,心想你自己也说不清了,我更说不明了。便不作声,听老毕继续讲下去。

老毕说:"其实,我说的原话是你'博学''万能',我对你一贯很佩服,怎么可能说你'不学''无能'呢?挑拨是非的小人们啊,他们是唯恐天下不乱,才挑拨咱们的关系的呀。"

老王唯唯,他很感动,但又且信且疑。

不久老毕溘然仙逝,老王参加他的遗体告别。

从八宝山回家的路上,老王想,他说我博学或者不学,万能或者无能,其实又有什么区别呢?

意思

老王常常向朋友们讲一些自己的经历，或者更正确一点说是经历中的一些小故事。朋友们议论：

"老王，你讲这些故事是什么意思呢？是不是在散布一些消极情绪呢？"

另一位朋友说："不，没有什么消极，你知道我们常说喜怒哀乐，一般的故事都是讲人的喜怒哀乐的，可老王告诉我们的是喜怒哀乐之后的事，就是说他讲的是后喜怒哀乐的故事。老王，你说是吗？"

又一位朋友说："别瞎捧了。我看老王是阴天打孩子，闲着也是闲着；管丈母娘叫大嫂子，没话找话罢了。他已经退休了，不说这些废话你又让他说什么呢？"

还有一位朋友说："其实拉屎放屁都是故事，又有什么可琢磨的呢？"

大家问老王："你说呢？"

老王笑而不答，似痴似智，若诚若伪，如喜如悲。

谁呢

多年未见的自称是老王老友的一位小胡子，与老王见面了。他急切地想知道老王的一切。

你这几年来还好吗？答：好。想："他是谁呢？"

你有几个孩子？答：好。说："您是……"想："他的脸上有一个漂亮的痦子，这会是？"

你现在是局级了吧？是高级职称了吧？是住一百五十平方米的了吧？是每天吃维生素药片的了吧？是请客吃饭都有地方报销的了吧？答：好。说："对了，您是五五级毕业的吧？"想："现在也时兴留胡子了，他的胡子是仁丹式？胡志明式？柯仲平式？阿拉伯式？"

听说你的孩子经商发了财，你的另一个孩子在美国拿到了绿卡，你的儿媳妇是时装模特儿，你能拿照片给我看看吗？答：好。说："莫非您是张铁腿？校队的……"想："是谁邀请他来的呢？"

你现在胖了，以前可不是这样？答：好。说："对不起，对不起，您不姓张，我这记性！您是李大军呀！"想："瞧这身行头，净是名牌，混得不赖吧？"

年纪大了，不像年轻时，要多注意休息。答：好。想："要不，要不然……"

此时，老王的眼神发直。小胡子仍然穷追不舍地问个没完没了。

老王,你的家庭幸福吗?我没见到你的老伴,是不是嫂夫人仙去了?

骤然老王的眼睛流露出了无奈,好,这个这个……小胡子伸出手来紧握住老王的手不放,体贴入微地说:人生就是这样,还要营造黄昏的温馨……我祝愿你永远幸福,新的幸福……

哪儿跟哪儿啊?啊哈,您是赵定邦!听说您后来当了驻外大使!

谁说的?我姓赵、李、张?哪儿跟哪儿啊?谁说我是你的老同学?什么什么,你连我都不认识了?那么……到了,谁也不知道谁的谈话对手是谁。

代沟

老王自从工作岗位上退下来之后,一直跟青年人保持联系。他爱年轻人,跟他们在一起,有活力,有激情。何况他当了一辈子教师,他离不开他们。

老王还真有几个忘年之交。

小高、小白、小李时常来老王家做客,小高爱唱歌,小白喜欢吹口哨,小李会蹦迪。高谈阔论后,这间房子险些被歌声、说笑、蹦迪声爆破了。老王模仿着小高的口型唱着广东词的流行歌曲,这还可以浑水摸鱼,可是要来真格的就不行了。小李提议做俯卧撑,老王说行,年轻时这是他的强项,他肯认输吗?毕竟那是老王。他运足了劲,活动开筋骨,又有正确的姿势,一口气练了三十五个,神采奕奕,把年轻人镇住了。

第二天老王的血压到了一百八十。他和谁也没说,把一个太极降压仪挂在了脚脖子上。有识之士都说那是假冒伪劣产品,但老王戴了一天,晚上血压恢复正常。他想:"太极仪有助于填平代沟呀。"

隔三岔五地小兄弟就来看望老王。老王理解年轻人的心情,他们无所不谈,民主自由、政治经济、戏剧电影……本来老王总是一套一套的,而且老王的思维敏锐,意识超前,包罗万象,无所不知。可是一晚上与年轻人谈下来,各种对于人生、社会、政治、经济的新奇的说法,足够让他想得脑仁儿疼。

往者已矣,来者也不好追呀!

作品

老王好友的妻子,实实在在,众人称她为真实的人。

当文坛朋友们聚在一起,谈论自己一生有什么作品有什么著述的时候,她便说,我的作品是:

十九岁时,交上男友,认识了现在的丈夫(老王的好友),二十三岁时与他结了婚,幸福了一辈子。

二十九岁时,生了一个儿子,肥头大耳,都说是有福气的样子。现在,儿子也还不赖。

三十三岁的时候,她自己动手给儿子做了一件小棉大衣,式样与尺寸大受好评。

三十九岁时,饲养了一群鸡,日进数蛋,"文革"时期仍然保证了全家的动物蛋白供应。

四十三岁时,她在春节期间做了一桌菜:珍珠丸子、爆炒鱿鱼卷、豆腐镶馅、清炖鱼头……在供应最困难的时期,她搞到了二斤花生、一斤粉条、两瓶泸州老窖招待好友。此饭吃后,许多食者由悲观论者变成了乐观主义者——世界观都变化了!

四十九岁时,写了一本小书,一直放在抽屉里。有几个朋友看了,都说受了感动。

五十三岁时,她到了海边,开始学游泳。

五十九岁时,她每天早晨与丈夫一起到公园跳交谊舞,她买了舞鞋舞裙,得了业余比赛老年组大奖。后来,舞鞋鞋跟儿掉了,她也就不再跳了。

六十三岁时,她开始打保龄球,最好成绩是一百六十六分。

六十九岁时,她在白纸上学画画。画来画去,最后在纸上画了一个大圆。

一位写过许多著名作品的女士,听了她的话,突然哭了起来。

志向

老王与几位高中老同学聚会，其间大家说起少年时期各自的志向。一位立志写作的人，现在在做外贸生意。一位想当飞行员的体育健将型人物，现在在海关工作。一位有志于艺术的同学，后来在食品公司当副总经理。有一位公认唱歌极好的老同学，后来去了外交部，最后退下来的时候已经是一等秘书了。

大家叹息，志向啊志向，有几个人实现了志向？

大家问老王志向是什么，老王很为难，他说他一直不知道自己应该做什么，不应该做什么，后来……后来换过许多岗位，也就行了。

这么说，你倒没有志向实现不了之苦啦？

后来话题又改到"有意种花花不活，无心插柳柳成荫"上去了。

丰富

老王与来访的老友谈天,大家一致认为,不论从物质上还是精神上,现在的生活是他们这一辈人有生以来最丰富的。

老友们叹道:"可丰富了又有什么好呢?现在不怎么看报了。为什么?报纸太多,每份报纸的版面也比从前丰富老鼻子了。您要像从前那样认真读报,不读出脑溢血来才怪呢。现在也不看电视了,看也记不住了。为什么?呼啦啦,几十个频道,您看什么呢?还不够按控制板的呢。我现在看电视主要就是为了催眠。反正一看电视准打呼噜。食欲也愈来愈差了,一打开冰箱,丰富得让你恶心,丰富得都长了毛儿啦!不去书店也不去图书馆了,书刊那样丰富,您怎么看呀!光看架子都眼晕!还有歌曲,现在的歌儿是一首也不会唱了。现在的电影,干脆就甭看了您哪!服装丰富得就剩了招虫儿啦!"

几个老哥们儿,都认为太寒酸了固然不好,太丰富了也不好。

他们走后,老王的子女说:"唉,可说你们什么哟!"

追思

老王前去参加一个好同事好朋友魏老太太的追思会。看到会场墙上众多魏老的照片中,挂着一张年轻美女的照片,鼻梁高耸,两眼如水,微笑如花,超过了当前许多歌星、影星、时装模特儿。这样严肃沉痛的追思会挂这样一张美人照干什么?老王觉得不快:这也是风气问题呀!

旁人告诉他:这就是当年的魏老,这就是妙龄的魏老,你老王还自以为是魏老的好友呢,你连魏老当年的风采都不知道?

老王纳闷,震惊。他与魏老共事的时候她已经发胖,一脸的肉是横着长的,但是态度和善,心直口快,热情真诚。她每天忙忙碌碌,脾气来得快也去得快,跑起路来像鸭子,说起话来像机关枪。后来她又得了面部神经痉挛的毛病,嘴也歪了,脸也斜了,但仍然热心公益,疾恶如仇,主持正义,像一团火似的。他看到了她的一切优点,深感佩服,引为同道,只是,他从来没有想到她当年是那样一个美人。

这仅仅是时间的恶作剧吗?

追思

电话号码春秋

这天来了一位老友,老王与他回忆起过去同在一个单位工作时办公室的电话号码:4局5144。他们笑说,要是现在,这个号码能把人晦气死,以广东人的习惯,那不就是死局我要死死嘛。

其实,按简谱唱出来,是发局,索多发发!朋友说。

后来,加了位数,我们的电话成了44局1414了。

死死局,要死要死……更晦气了您哪。

发发局,多发多发,也还不赖。

后来又增位了,我们也都变更了工作,我的单位电话号码是707局3677。

噢,你是在崇文区吧?4局是东单区北部,过去的东四区。5局是东单区。6局是西四区。3局是西单区……

如果是9和0,简谱应该唱什么呢?

9当然算是高来,0是一拍休止符吧。

这像一部朝鲜片子,敌方的间谍用演奏钢琴来传递情报,把钢琴曲记录下来,原来是密电码。

他们回忆了许多电话号码以及与号码有关的故事,他们感觉自己见到知道的事是太多了。

经验

春节期间老王与众位老同学聚会。见到了老周，老周从小功课就好，孜孜不倦，坚持不懈，现在已经是科学院院士了。大家说："真是皇天不负有心人，三岁看大，七岁看老，业精于勤荒于嬉，只要功夫深，铁杵也能磨成针呀。"

见到了老李，老李是个能干人，为人乖觉，深通公共关系，照顾全面，善于上联下挂，如今已经官至司局，住着一百五十平方米的房子。大家说："社会嘛，总是要有人办事的，你这回可真算是有机知识分子啦！关系好是个宝，党票选票人情世故不可少，团结就是力量呀！"

见到了老余，老余从小就倔，说话不留情面，得罪了不少人，他在高等学校任教，直到退休才勉强评了一个教授职称，别的是嘛都没有，自称从前是这样，现在还是这样。大家说："虽说是一介寒士，毕竟有铮铮硬骨，耿耿丹心，在人欲横流、人文精神失落的如今，这样的倔人真是难能可贵呀！"

见到了老许，老许有个大人物好爸爸，从上学时就是三门不及格，养尊处优，娱乐升平，一无所长，一无所成，但现在仍在某个公司挂着副董事长一职，月进万余元。大家说："命啊，命啊，人家真是好命呀。"

见到老薛，老薛是当年班上的"状元"，功课之好，遐迩闻名，后来历尽坎坷，"文革"中被打成了残废，妻子也早早病死，如今靠民政部门的救济金度日。大家说："唉，老薛，唉，老薛，这个这个……"

吹牛

都说老王的朋友老赵爱吹牛,老赵说,他上小学时回家路上遇到了蛇,他赤手空拳,抓住蛇身,把蛇头撅了下来。老赵还说,他上中学时一次考语文,由于作文成绩太好,得了一百五十分。老赵还说,"大跃进"时他背玉米,一次背过二百四十八斤半。至于说到现在的生活,他说他的房子的布置是法国式的,家具是德国式的,地毯是土耳其的,床是美国原装的;他的儿子在硅谷当了主任设计师;他的女儿已经被名导演看中,将担任下一部贺岁片的女主角;而某某大领导亲自给他打电话,向他请教法语翻译上的一个难题……

另一些熟悉老赵情况的友人则说,根本没有那回事,他上小学时上着课尿了裤子,上中学时由于考试成绩太差几乎被勒令退学,下乡劳动时洋相出尽,他的儿子如今在餐馆打工,他的女儿只在一部电影里演过群众丙,而老赵自己的法语,真是一塌糊涂。

但是老王还是觉得老赵挺可爱,起码是挺乐观挺吉利,你只要不过分相信他的话,他不是既令自己愉快又令旁人愉快吗?

自贬

老王的老同学，女性的老吕，特别爱说丧气话。说起自己来，就是百病丛生，气息奄奄；说起老伴来，就是老年痴呆，大小便失禁；说起自己的和亲戚的孩子们来，就是做生意赔本，教书口齿不清，当官犯错误，看病治死人；说起第三代人来，则是缺钙缺锌贫血消化不良智商不够都处于危险中。

老王一开始以为是真的不幸，见了她就安慰一番。后来听说根本不是这样，便想她是谦虚，唯觉得这等谦虚未免太过分了。再后来才知道，这是一种禁忌，说是要是吹了牛便会触犯神灵，招灾惹祸，相反，愈是自贬自损，才愈能禳祸消灾，平安永久。

老王想，真想不到老吕有这等狡猾，这等深刻，我们的传统文化太伟大啦。

美元

老王的朋友老谢作为访问学者到美国住了一年,回国后讲到一点花絮,说是他住在一个不太好的区域,一天深夜赴约后回住地,结果就在离他的住房二百米的拐弯处,在路灯强光下看到了一大摞美元,数目极大。

听他讲故事的人眼睛都瞪大了,不由得一个个屏住了呼吸:怀疑,羡慕,嫉妒,欣慰,佩服,惊奇,贪婪……什么表情都齐了。

"你……你……你怎么办呢?到底是多少钱?"

老谢说:"当时可吓死我了,也许是贩毒的钱吧?也许是一桩凶杀案吧?也许是一个圈套吧?也许我一动就扑上来几个彪形大汉吧?……"

"那么说,你……"

"我吓得回头就跑,回到住地关上门,吓得仍然心怦怦跳。"

唉,朋友们点头称是,同时感到无比遗憾和失落。

美元

老三篇

老王与老友聚会,大家让老王唱卡拉OK。老王翻阅了全部曲目,说是他只会唱三首歌:《喀秋莎》《三套车》与《太阳最红,毛主席最亲》,其他歌别说唱了,听说也没听说过。老友们都笑他的"老三篇"太落伍了,有人说他是为了树立自己的革命形象,还有的说他这种人已惧怕并懒于接受新鲜事物了。老王说,可不早就退出历史舞台了?你还非要咱嗝儿屁着凉不行吗?再就是有人说,其实还是老王这一代人最可爱,都是理想主义者,是最后一代理想主义者。说得老王差点没掉下热泪来。

一年后老王义与朋友们聚会,到了饭后唱歌,大家便忙着给老王找那个"老三篇",找了半天好不容易找出一个,按那个号操作了一番,结果显示出来的不是"老三篇"中的任何一首歌,而是新上了流行榜排名第二的《爱得你好狠心》。大家正在气愤和惊异,只见老王清了清喉咙随着伴奏唱道:

　　我爱你爱得狠,
　　我爱你爱得疯,
　　我爱你爱得死,
　　我爱那登不棱,棱不登,

登不棱，棱不登，

棱登棱登棱登……

呀呼哎唉依呼唉唉！

人们大惊，一个有冠心病史的老友当场倒地，另一个有颈椎病史的朋友当场晕厥，其他众老友叫得叫，笑得笑，哭得哭，闹得闹，口角流涎的，就地十八滚的，场面极其奇异热闹。

老三篇（续篇）

不可开交之际，电脑控制的卡拉 OK 机突然恢复正常运转，画面上音响里出现的都是俄罗斯著名民歌《三套车》。

老王深情地唱道：

冰雪遮盖着伏尔加河，

冰河上跑着三套车……

于是一切恢复正常，有冠心病的心血管已经畅通，有颈椎病的头脑不再眩晕，流涎的擦净了口角……

人们问嘛事呀您老。老王答曰："我也不知道是怎么回事。"

再问："那么爱得狠又是怎么回事？登不棱呢？呀呼哎唉呢？"

老王道："天呀，你们问我有什么用呀，我也不知道是怎么了呀？"

友人中的一位资深电子专家说："恐怕是电脑病毒发作所致。"

友人中的一位大哲学家则冷笑了一声，似有别议。

喝茶

一位朋友送给老王一筒茶叶，说是茶怎么怎么好，怎么怎么贵。

老王泡了这种茶喝，觉得一般。妻子和孩子也说这个茶不怎么样。

老王觉得妻儿的话里有对朋友不信任不友好的潜台词，便坚持说此茶极好，好过琼浆玉液。妻儿便与他辩论，他便不高兴。

后来妻儿都不喝这个茶，而老王舍这个茶别的什么茶也不喝。

老王渐渐觉得这个茶不好喝了，同时怀疑起来，是不是朋友送来的茶叶不新鲜不高级呢？

老王否定了自己的想法，因为这个朋友人品极佳，诚信可靠，账目清楚，爱护公物，孝顺父母，尊敬师长，服从领导，爱情坚贞，身心健康，五官端正……这么好的朋友，人生得到一个已经够幸运的了，怎么能怀疑他送的茶叶呢？

起舞

老王和老同学们聚会,座谈用餐之后,最后一个节目是跳交谊舞。老王坚决声明他不会跳,跳起来两腿如拌蒜。可是一位当年最美丽的女同学,在舞台上演过歌剧,至今仍然保持着极好的身材和迷人的笑容,不由分说地拉起他来就跳。他毫无办法,只好随着她在舞池里磕磕绊绊地走来走去。他本来就是罗圈腿,一跳舞,只觉得连走路也不会了。他一面走一面出汗,一面躲着女同学的脸特别是眼睛,一面盼望着这支曲子早点结束。

怎么还不完啊,怎么还不完啊,是不是音响控制系统坏了,怎么一个曲子放了十几分钟啊?他觉得不等这支曲子放完,他的头发就要熬白啦,他的心脏也快支持不住了。而且,他的汗珠滴到了地上,不但是脊背,不但是腰腹,怎么连小腿肚子也湿透了啊?

只是在事后,他回忆起来,觉得与一位迟暮的美人共舞是一件颇惬意的事儿。"我和×××还一起跳过舞呢。"他会把这美好的记忆保持下去,直到不再能跳舞不再能走路的那一天。

转移

老王上大学时以法语著名的杨大鹏,前不久过了九十岁寿辰,教育部长亲自来祝寿,一位副总理还送来了九十朵玫瑰花。

最近他住了医院,传说是他忽然把所有的法语都忘了。一个法国教授,他的老相识去看他,人家与他说话,他一脸的茫然,他甚至说:"请讲中文。"

更惊人的是,他同时突然懂了从未研修过的日语,见到探视他的亲戚朋友领导,他就索要日语书籍,不给不行。问他:你懂日语吗?他欣然点头。

拿到日语书籍,他爱不释手,从早到晚地阅读不已。问他:看懂了什么?他只是傻笑,不回答。

有人说这不可能,说这是精神症状。老王想,也许吧?

转移

邮箱

老王退休以后,常常与老友们通信。每天到公寓楼入口处的邮箱那里检点信件,他觉得是一种乐趣。还有那么多人没有忘记自己,还有那么多人向自己致以良好的祝愿,还有那么多人向自己倾诉心头的喜怒哀乐,这使老王觉得温馨。莫道茫茫无知己,尚有几人未忘君。

一年一年地过去,这几个人走的走了,远行的远行了(他们的子女在美国定居了,他们去探亲),剩下几个也不来信了。隔几天到自己的邮箱那里看看,空空如也,老王黯然。有一天忽然看到邮箱里有花花绿绿的许多东西,老王大喜。掏出来一看,是置房产和壮阳药广告。

盼呀盼,远行大洋彼岸的朋友终于来信,并说自己设立了电子信箱,欢迎老王与他(她)通过电邮通信。

老王大喜,乃赶紧在子女帮助下添置电脑与设置电子信箱,学会了写、发与接收电子邮件伊妹儿的技术。

从此老王每天都有几个小时在电脑前坐稳,尽情享受信息时代的方便,从远及近,东拉西扯,没话找话,聊以解忧。对于并未远行而是一直生活在伟大祖国伟大本市的朋友,也是左一个伊妹儿右一个伊妹儿,谈天说地,家长里短,嘘寒问暖,互相慰安……然后发展到互相转发一些搞笑资料、半荤故事、社会奇闻、信不信由你的胡说八道。

渐渐地,热劲儿过去了,有时一连十五天,三百六十个小时,无一新邮件。老王大悲。生老病死,生住坏灭,无为有处有还无,寂寞呀,寂寞呀……老王深切地认识到,不仅伟大的人都是寂寞的,渺小的人也许更寂寞呢。

在电子邮件愈来愈少的时刻,却汹涌澎湃地到来了大批病毒邮件与垃圾邮件,蠕虫毒,求职毒,周五毒,十三日毒……琳琅满目,美不胜收。每次一打开电子邮箱,便忙于查毒杀毒堵毒增添拒收命令升级杀毒软件,同时随着寻到毒踪或杀掉或杀不掉电脑病毒,电脑发出嗖嗖嗖的子弹呼啸声,枪林弹雨,甚是有趣得紧。

从此,老王打开伊妹儿信箱后的主要任务,便从阅信回信写信转为杀毒了。他甚至有点激动。这一天又查出并清除了四十余封毒件,留下一封灭不了,待下次再查而杀之。有的是活儿干,且下不了岗呢——天无绝人之路啊。

讲话

老王年轻时有一位女同学,以善于辞令著称。会说话本来是好事,可是这位姑奶奶不但滔滔不绝,而且必须压别人一头,同学们称她为舌头底下压死人。老王从当学生的时候就老躲着她。

当老王接到通知,说他们原来的学校要举行校庆与校友聚会的时候,他矛盾了老半天,他不愿意见到此人。他太了解她的脾气,他也听最近见过她的人讲起她,说是她脾气照旧,而且变本加厉——如果见到她,她一定会问:"你现在住房多少平方米?"如果老王如实回答而且住房面积超过了此人,她一定会大骂现在是小人得志的时代,是住房面积与事业成就成反比的时代;而如果老王的住房面积不如她,她又会当众嘲笑,为什么老王活得这样窝囊,为什么老王的生活在给小康社会的目标抹黑。甚至她会问老王的孙子的考试成绩与身高体重,如果她认为老王的孙子分高、个儿高、体重重,她就会大骂当今的考试制度,指出分高不等于学习好不等于水平高,而个儿高更不等于健康……反之,如果老王的孙子体重轻于她的孙子,她就会指出这可能是一种发育不良的疾病。

毕竟还有别的好同学,于是老王出席了校友会,远远躲在一边。

……各项议程完毕,最后是成立校友会,并且根据校方提名,一致选举这位女士担任校友会长。然后轮到会长致辞。

能言善压的女士上了台,对着麦克风磨叽了半天,竟然一句话也没有说。

老王骇然。她病了?她有什么不幸?她失语了?她深感过去话太多了?此时无声胜有声?她即将说话了?她嫌底下听众太乱了?她要求绝对的鸦雀无声?

最后老王听她说:"不讲了,不讲了。对不起。"

老王回到家,与太太讲起此事。太太说:"估计她得了脑血栓,语言中枢出现了障碍……"

老王叹道:"俱往矣,数风流人物,不能看昨天喽,您哪!"

作家

老王一位当年最要好的同学成了作家,连续出版了几部书,还编了若干部电视连续剧,俨然人五人六矣。

这次一家爱好文艺的大企业的老板邀请作家前往某风景点度假休息,给作家提供了一大套房子,作家乃邀请老王同往。老王推辞再三,经不住作家意诚词切,乃跟随作家前去。

企业老板举行了盛大宴会为作家接风,出席者有当地党政领导、文艺界头面人物、企业界大款名流和两三位盛装小姐。

宴会前,主人向众嘉宾介绍主宾:"这是誉满全球、德高望重、当红透紫的伟大作家×××先生……"如雷的掌声打断了祝酒词。

"我们今天特别感到荣幸的是,著名作家王人七先生也屈尊前来助兴……"

初时老王一怔,紧接着明白过来了,原来王人七先生就是自家。老王大惊,面如土色。

"误会,误会,我不是作家,我只是作家的同学,我只是来陪着混吃混喝罢了……"

掌声和欢呼声淹没了老王的解释,两位美女前来向老王献花,并笑着叫着喘着说道:"王人七先生,我们是您的崇拜者！我们是读着您的诗篇成长起来的……"

真正的作家向老王严厉示意，少安毋躁，既来之则安之，我既然是作家，与我同行的都是作家……

当地传媒的编辑记者也都来找老王约稿，各色文学青年轮流向老王敬酒。喝了几十杯以后，老王认定，其实自己本来就是作家嘛，从上中学，他的作文就屡屡被墙报选中公诸班级。真正论起文学细胞，他肯定比那个所谓誉满全球的家伙强得多，唯一的区别是他写了而自己暂时尚未提笔罢了。

连锁店

老王的一个混得十分发达的朋友老郑，邀集一些老友在一个著名的高级法式西餐馆聚会。老王十分雀跃，他知道，如果没有地方报销，他这种人是不可能到那种高雅的餐馆用餐的。

于是根据朋友的委婉通知与他的国际活动或者叫作"外事"知识，他更换了深色新装，打上金黄色领带，换上三接头皮鞋，准时到了高雅餐馆。服务员问他："几位？""预订雅间了吗？"他不好意思地回答："郑先生，您看有没有郑先生订的雅间或者桌台……"

服务员拿起订单认真查找了一回，说："没有啊，有姓邓的一位先生订了座，可是没有郑先生啊。"

老王心想莫非郑老总没有订餐？也许老郑的计划是人来了临时找座？也许他用的是公司或者单位的名义？也许他自己不出面而是由秘书小姐订的餐？他嗫嗫嚅嚅地说："这个……那个……我再等一会儿吧。"

服务员态度极好地把他引领到一张空桌子边，还给他泡了立顿红茶，瓷茶碗很讲究，是景德镇出品的法式花色与规格的瓷器。

左等不来，右等不来，郑先生不来，郑先生的其他朋友也不来。也许他记错了时间？过去就发生过这样的事情，礼拜五的宴请他老王礼拜四就到了。他有点汗流浃背。

终于他等不下去了,已经过了预订的时间四十分钟,即使是总统请吃饭,主人也该来了。他面红耳赤地向服务员做检讨,说明可能是自己记错了,他不准备再等下去了,他要走了。他问那一杯立顿红茶应该付多少钱。

服务员对他显出怜悯的神态,说是不用付钱了。

老王脸更红得一塌糊涂了。这时电话铃响,服务台接电话的人员用普通话、广东话和法语问:"请问,哪位是王先生(王生或米歇沃翁)?"

……如此这般,郑公告诉他,不是西郊的这家餐馆,而是南郊的同名法式大餐连锁店。老王如遇到了救命菩萨一般,连连对给他喝英国红茶的服务生说:"您瞧我这个糊涂劲儿,不是这家,是那一家,都叫香榭丽舍,是连锁店……"

不期而遇

这一天，老王连连碰到许多不期而遇。早上买早点的时候碰到了自己最崇拜的足球运动员。上午在大街拐弯处碰到了二十年前的街坊，那时候他们住平房——大杂院。后来在书店遇到了失散多年的小学同学——这位同学居然还记得他，居然认出了他，这真叫人惊异。下午接了个错号电话，找姓苟的，他说明这里没有苟先生，却听着对方的声音有点耳熟，再一说话，敢情是老邻居，十年前他是卖煎饼果子的。晚上看电视，想不到与著名节目主持人面对面对谈的是自己老上司的孙子小二儿，当年为了讨好上司，老王常常给小二儿买糖豆大瓜子冰棍糖葫芦，现在小二儿已经是著名跨国企业家了，业余还写了一批旧体诗。

老王不懂，这究竟意味着什么？哪里都是熟人，哪儿都是熟事儿，跟谁都有过交往，与大家都有缘分，什么人和事都与记忆有关……吉乎凶乎？喜乎悲乎？欣慰乎？失落乎？

举家出游

老王见到了多年不见的中学同学老霍。老霍热情相邀,老王无法推辞,便到老霍家去了一次。

老霍正处在兴奋快乐之中,原来他举家做了一次欧洲旅游,他们老两口与一儿一女全体,包括孙儿与外孙女,去了荷兰法国德国意大利与奥地利,申根协定国家,进入一国就不需要再办签证。他们家里摆着挂着这些欧洲物品:荷兰的小木鞋与干酪、法国的埃菲尔铁塔模型与葡萄酒、德国的西餐餐具与剧场用望远镜、奥地利的人造水晶与莫扎特巧克力球。

老霍的房子虽然不大质量也一般,但有了洋货很有些光彩夺目,老霍一家子也显得有点得意扬扬。

老王目瞪口呆。

回忆老霍,上学时功课较差,其貌不扬,入团最晚,高考落榜,运动挨整,级别相当低,身体多病,孩子也一般,一家两代,没有天才,没有幸运儿,登龙无术,买彩票未中奖,没有大款……他们怎么伟大到举家逛欧洲的程度?

老王旁敲侧击,东问西诘,左顾右盼,无非是想弄清老霍为何能出巨资出国旅游。

老王想问:没有特殊收入,你就不预留一些医疗费用了吗?你不准备改善一下住房条件了吗?你不考虑其他的天灾人祸了吗？你的亲友对于你这样举家游欧洲就没有什么看法吗？你不认为你的爱国主义有什么问题吗？去不去欧洲当真有那么重要吗？不喝法国干红而喝二锅头，不吃荷兰芝士（干酪）而吃北京麻豆腐，不买德国望远镜而聚精会神地看电视特写镜头，究竟有何不可？心理医生是否认为你的心理没有出现什么问题呢？

各种疑问涌到嘴边，却一个也没有问出来。

鹈鹕

老王应老友 A 之邀到一湖畔别墅休息。老王与友人绕湿地而徐行,甚感惬意。

老王在湖水中央一小小水草丛上发现了一只长翼鸟,羽毛白中带黑,嘴长而尖,友人介绍说此乃"鹈鹕"是也。二人研究了半天鹈鹕二字应怎么写怎么读,深感大自然与中国汉字之伟大。他与友人欢呼近年来的生态保护工作确实取得了伟大成绩,多年不见的野生珍禽异兽又重新出现了,善哉。千辛万苦污散去,似曾相识鸟归来!有凤来仪兮,盛世至,鹈鹕降临兮,醍醐灌(顶)!

第二天,他们俩同一时间又在湖边散步,又看到了那只珍稀的美丽的鸟。他与友人还分析了一下食鱼的鸟儿的特色。最后一天,老王他们又在那里散步,又看到那只同一姿势的定格的鹈鹕。

老王突然不安,会不会是假鸟呢?许多大别墅大饭店园子里都制造了假花,严冬腊月也能够看到花红如火,又怎么能说不会闹一只假鹈鹕呢?

与朋友一说,A 也毛起来了,谁知道,完全可能,也许就是,饭馆里摆假菜肴的,高速公路上竖交通警察像的,也不是没有嘛。

老王乃走向湖边,想找一块石头或者土坷垃抛过去试

鹈鹕

试。湖边地滑，朋友大呼小叫，怕老王滑入水中闹个非正常归去来兮……这边还没有轮到捡土坷垃，那边美丽的鹈鹕扑棱棱、吱咯咕咕……翩然飞去。

两人都傻了。

直到一个月后，老王还是不放心，与A又专门去了一次别墅湖畔。不幸的是，未见鹈鹕，打问别人，无人看见。

种树

老王的一个老同学是著名画家,他在乡下买了一套别墅。老王应邀去为老同学温居,并与其他宾客一起,被邀去看他在后园种的几棵树。有雌雄各一株大银杏,有枝叶纷披的法国梧桐,有一株高耸的云杉,有杜仲、合欢、枫、槲、橡树,还有紫色白色玉兰。据说由于这些树都很大,树身与根部所带泥土过重,都是用老吊(起重机)拉来的,也不知花了多少钱。

画家后园里还有一株黄松,说是到某省时发现了一个施工单位正在砍伐一株有五百岁树龄的老树,他花了不少钱,把此树买了下来,连同那里的一批石桌石凳搬到自己的别墅这边来了。

众宾客击掌雀跃,赞叹不已。瞧人家这个家,不但平方米辉煌浩荡,而且古树参天,果树丰收,花开万朵,叶茂根深。房是新的好,树是古的好,风光啊,羡慕啊,自然啊,环保啊,文化啊,历史啊,植物动物啊,全来到!顺便提一下,他家里养着三狗四猫六猴八鹦鹉五十只鸽子。

画家的邻居家则只是栽种了一些小树苗,画家悄悄地说:"他们那哪叫树啊,那只是牙签而已。"

老王忍不住说,所有的大树都是从小苗长起来的,看着小苗慢慢长成大树,也是很有趣的。何必着急呢,不知不觉之中一根牙签就成了材了。再说，小树不挡视线，不妨碍草坪的美丽，小树也不错嘛。

宾客中有一位老李，他发挥说，比如养儿子，是从小看着他慢慢长大好呢，还是干脆省心，直接给您抱几个一米八、十八岁的儿子好？

听了老李的话，老王极其后悔自己的多嘴。老李怎么会这样雄辩呀，怪不得他一生路途多蹇。

日出

老王喜欢游山玩水，这是众所周知的。一天，他和友人约好看日出。山路曲曲弯弯，要登上东山顶才可看到。

那是观日出的最佳阵地。越过一道道山，蹚过一池池水，老王激昂地高声唱起革命歌曲。天有不测风云，明明天气预报是晴天，偏偏下起小雨。友人说：不去了吧？老王坚持还要去，并且说：相信吧，天会晴的。他们爬山越岭，费尽了千辛万苦，登上了东山的最高峰。果然不出老王所料，雨过天晴。老王得意非常，又一次掀起唱歌的高潮，唱来唱去都是歌颂太阳的。从《大海航行靠舵手》直到"文革"时期的样板戏，从延安的红日唱到北京的金太阳，唱得满山回响。老王抬头一看，一轮红日高高地挂在天空。友人说：真遗憾，这回又没看到日出，就在日出那一刹那，一片云刚好挡住。老王兴奋地说：不，没有云，我看见了。他兴高采烈地描绘了一团红日是怎样自海上挣脱出来的，说得绘声绘色，友人愕然。

飞虫

这一天阴霾密布,老王与几个老伙伴乘一辆越野车去郊外春游。车上了高速公路以后,没几分钟,挡风玻璃上已经布满了左一道右一道的污水。老王惊问:"这是什么雨?"

当老王得知这些乃是飞虫的尸体,飞虫的体液如小雨滴一样划得玻璃上污秽不堪的时候,老王大惊:"什么?这些虫子就这样被我们的车撞死了?撞得变成了一小行污水?它们为什么不躲避?它们为什么不飞得高一点?我们能不能躲开这些飞虫?"

朋友与司机都向老王做了解释:气压太低,飞虫必然低飞,车速太快,谁也躲不开谁。今天还算好呢,上次阴天出行,开开了雨刷,硬是刷不干净飞虫的尸体。

老王欲哭无泪。

树木

老王与生物学家老同学去森林里玩,生物学家向老王解释各种树种。乔木、灌木与草本植物,落叶树与常绿树,针叶树与阔叶树……这一株是油松,那一种是侧柏,另一种是圆柏;这一种是槭树,那一株是橡树;这一种是黄栌,那一种是丹枫;这一株是白桦,那一株是青杨。哎哟,还有那么多果树:黑枝黑干的是杏子,红里透亮的是山桃,灰白相间的是胡桃,高高挺立的是柿子……老王一下子增加了许多知识。

然而,老王仍然喜欢简单地称呼它们为树或者草,他不懂那么多生物,他只看到了高高低低的树,青青黄黄的草,开开败败的花,还有满地如毡的落叶,和满枝初放的新芽。他闻到了树木花草的香气,他听到了风吹来树枝晃动与摩擦的声响……他想,如果没有这么多植物,世界将会变得多么乏味,而如今有了这些植物,这是多么的好啊。

候购

老王夫妇在朋友家看到一个特别漂亮的书柜，主人介绍了它的各种优点，二人边看边听，赞不绝口。问清品牌、出售商店、地点、价格后，他们立即表示，第二天一定要去买一件同样的书柜。听夫妇二人的口气，颇有没有此书柜，堪说是白活了一辈子的认识高度。

中间还经历了一个价格贵与不贵的心理辨析过程，一开始，听说是四千多元，老王夫妇认为是太贵了。朋友分析说，四五十年前，他买过一个寒碜得多的书柜，价格是一百八十九元，接近他月薪的三倍。而现在，这个相对豪华的书柜，只不过是他一个月的工资弱，有什么贵的呢？

老王夫妇听了，觉得眼前一亮，耳目一新，人生似乎进入了新境界。

本来次日就要去的，谁知又有别的事了。老王叹道，毕竟是第三世界国家，做事不可能太有计划，听说人家美国，尤其是日本，一些人物的日程表，都是一年甚至两年前就排定了的。

直到一个多月后，夫妇来到了与朋友所介绍绝无二致的家具店，那种书柜就放在门口热销品部分，问问价钱性能，与朋友说的无异，再有十分钟就可办理完毕了，夫妇二人都心有不甘。怎么着，几千块钱的货，购物过程不能如此草草。便又楼上楼下,看了许多书柜、酒柜、艺术品柜、组合柜。有豪华的,有朴素的,有老式中式的,有后现代的,有浅色的,有深色的,有橡木的,有柞木的,有实木的,有压合板的,有方方正正的,有流线型的……

他们看花了眼,是不是要买朋友家那一款呢?吃别人嚼过的馍,没有味道。犹犹豫豫,你说这她就说那,她说这你就说那。他们在这家木器店逗留了一个多小时,仍然拿不定主意。老王抬头,发现此店对过与隔壁都是木器店。那么,何必在一棵树上吊死呢?

……到了一个新店,又是徜徉一番,称赞市场经济与小康生活下商品的丰富美丽,咋舌市场经济与小康生活下商品价格殊为不菲。如此这般,天黑下来了。买嘛,还没定呢。

忽然,老王看到一个餐桌,觉得不错,便建议干脆买个餐桌算了,也别白来一趟嘛。最后,买了个轻便舒适廉价的餐桌回去了。

两个人都很高兴,有新鲜感,有决策感,有变动感,有试问木器购买谁主沉浮——我主沉浮感,有非计划非预谋非预订感,有我能出幺蛾子的维权感,乃至产生了宿命、神秘、随机、缘分、偶然、邂逅、灵动、主体意识与不可知感。感觉好极了。

一周后,二人都有些后悔,还是友人家那款书柜好,而且显然是更需要。

天呀，相见恨早，相见恨早，为什么那么早就确定了那一款书柜的候购地位呢？

两个半月后，夫妇又到了那家木器店，发现那款书柜已经涨价百分之三十九了。

讯息

老王接到了一大堆电话:

老张说:"听说你现在摆架子见人不理了。"

老赵说:"您老是咋啦,那天我面对面叫了你有十声,你硬是不理我不看我,你是不是失聪啦?你是白内障还是青光眼?"

老季说:"你是不是住医院了?"

老刘问:"听说你老骥伏枥,壮心不已,要改行做房地产生意了?"

老朱说:"乔迁之喜呀,豪宅呀,什么时候请客?"

老单问:"什么,听说你得了脑瘤?别价呀,要走咱们老哥几个一块走,你不带抢跑的……"

……老王心想,我也不是明星,也不是要人,我也没有开博客开骂,怎么关于我的消息出来这么多呀?怎么我受到了人民大众这么多的关爱呀?

禁止通行

老王应邀去一家餐馆赴宴,朋友在公交车站等着他,带他通过一个旁边写着"禁止通行"的栅栏,抄近道进入了餐馆。

老王觉得不踏实,他欲行又止,问道:"这儿写着'禁止通行',我们这样穿过去,不太好吧。"

朋友说:"没事,大家都走这里,你看这一截栅栏都弯过来了,足够进出一个人的。"

是的,群众的力量是伟大的,每个人钻一次,每个人弯一次,铁栅栏也弯成了椭圆形,留出了一个大鸭蛋空白了。

老王说,也许小孩子会这么走,咱们这么大把年纪了,不走大门,走一个椭圆的强扭出来的狗洞洞心里别扭。

朋友说,那里本来就是正门,正门就在近旁,但是明明对许多人很方便的正门,却被一把锁头锁死了。

老王回家以后,给朋友打电话,建议他与有关单位谈一谈,把那个锁头打开,干脆欢迎大家走正门。

朋友表示,他只是偶然来吃一顿饭,看到别人走洞洞,他也走了洞洞,人活一辈子,不用管那么多事。

老王仍然别扭,他给餐馆所在的商务广场写了信,提意见。他提的是:要不你们就少修几个门,修起门来再锁上,成心为难大伙,这不是找别扭吗?发生了火灾也不好

禁止通行

逃生不是？要不你们就默认人民群众扭大了的栅栏洞，把"禁止通行"的牌子拿开，从小就培养人们一面看着"禁止通行"的牌子一面强行通行，多不好！要不你们就干脆派一个保安在那里守卫，和通行者奋战到底。

老王的老伴与孩子都劝老王罢休：你怎么老了老了还那么烦人，狗拿耗子，多管闲事。

老王欲哭无泪，他进一步与商务广场约谈，他要痛陈利害，把真理争取到底。

不见

老王已经快睡着了，突然接到一个电话，电话里传出的声音温文尔雅，似曾相识。她自报家门，老王得知，她是一位大名鼎鼎的电视节目主持人，夸张一点说，也属于公众偶像一族。但她口吻十分谦虚，自称是学者老王的慕名者。她说她来到了这家酒店，听说老王也住在这里，太激动了，太荣幸了，便冒昧地打来电话，问她有没有荣幸明天早晨与他共进早餐。

老王便与她约了时间在餐厅会面，他问了一句："那么您的房间号呢？"

"506，也就是五层六号。"

"好的，五层六号。"

"早上在餐厅门口，我手里会拿着一张《晨报》。"

第二天早晨，他在餐厅内外没有会到任何人。他冒昧地问了好几个模样像电视明星的小姐，人家都说自己不是。他在餐厅里耽搁了近两个小时，一无所获。

他觉得蹊跷，便回房间拨506的电话，没有人接。到了晚上，他又拨打这个电话，还是没有人接。

按道理，深夜给一个从未谋面的小姐打电话是不礼貌的，但老王想，是她先给自己打的电话，而且她自称是冒昧的，有她冒昧在先，那么他随之冒昧一次也就不算什么了。他深夜又打电话，仍然没有人接。

第二天，他干脆去到五层，找到了从501到505还有从507到528房间，就是没有一个506。

他去总服务台查问有关506房客的情况，服务台要求他提供该房客姓名的英语拼写。他提供了，服务台说他说的不对，因此不能回答他的问题。

他有点着急，便说明了自己接到电话，订好约会，再无影踪的故事。总服务台工作人员只是微笑着，对他的故事没有兴趣。

"那么，"他问，"请问，到底有没有506房间呢？"

总服务台小姐笑而不答。

不见（又一）

大海是老王（那时叫小王）在大学时期的同窗好友。他俩是班上出色的高才生，曾经为了一道高难题的解题法，争得面红耳赤。越是这样，他们越爱在一起，一起晨练，一起上晚自习，一起研讨各类课题。他俩的这种纯洁的友谊，好钻研的精神，令同学佩服。

上个世纪五十年代末，在毕业前夕，他们去文具店购物。大海选了一只英雄牌铱金钢笔，他没带钱，让小老王先给垫上三十元，说回到宿舍就还。

许多天过去了，大海没有还钱。许多月过去了，一年过去了，仍然没有还。也可能他忘了吧，小老王想。倒也无所谓，小老王那年手头并不拮据。在毕业典礼上，大海坐得远远的，年轻的老王东张西望寻找他的密友。

几十年过去了，老王一直在寻觅他。机会来了，二〇〇二年三月八日是母校的百年盛典。为了他，老王兴致勃勃地参加了。同学们说：大海不来了。老王左思右想，怎么也想不明白。他实在是很想念大海，听说大海还挺有成就挺伟大的。他对不起大海了，他真惭愧。

不见（又二）

在老王居住的那个小区，有一群活泼的儿童，他常常在读书的时候被孩子们的喊叫、笑闹声所打动。他推开窗子，看着踢小足球、跳绳、踢毽子或只是相互打打闹闹的孩子，感觉到在自己日益老迈的同时，那么多可爱的孩子成长起来，真是令人欣慰又令人唏嘘。就是这样的，一些人老了，去了，一些人来了，大了，然后，大了的人又老了，新的人又来了。

不知不觉之中，那一批孩子不见了。老王觉得奇怪，莫非他们突然一下子都搬走了？

后来老王才知道，没有哪个孩子搬走，他们已经长大了，有的长到了一米八九了，有的打扮得花枝招展了，即使老王与他们面对面，老王也想不起他们就是在楼下玩耍笑闹的孩子们了。

好坏

假日快到了,老王的妻子一再提醒老王,应该请几个朋友一起吃顿饭,他们来到这个城市以来,张、周、李、陈、毕……许多友人都给他们提供了帮助,老王对他们应该有所表示。

老王觉得这是一个好主意,便下功夫调查研究这个城市的餐馆,终于找到了一个物美价廉,既有精英意识又有思想者气派,既有情调又有风骨,既有后现代风格又有民族传统积淀的好地方:孤独居。

他约好了众友人,订了两桌。

到了预订时间,他们到了孤独居。偏偏这一天孤独居因卫生检查不过关被勒令停业(也有一说是孤独居没有向有关人员"进贡")。老王叫苦不迭,在附近临时找了一个馆子吃饭。这个馆子的名字是向洋楼,菜肴差、价格高、秩序乱、卫生差、服务态度恶劣。老王和妻请完客只觉得惭愧莫名。

由于进食时的不快情绪和食品卫生方面的原因,此后老王夫妻双双得了肠胃病。后来,他们的肠胃病痊愈,他们都很满足,觉得那天的向洋楼之餐也还是有意义的。他们好像得到了一些启示,他们考虑利用这个欲吃好馆子偏偏吃了坏馆子,吃了坏馆子时间长了便又像吃了好馆子的故事素材,写一本禅悟之书。

好坏

批评

老王和几个朋友一起去天醉楼吃饭。吃冷盘的时候,朋友们对天醉楼的烹调赞不绝口。喝汤的时候,对这个馆子印象也还不错。吃第一道热菜的时候,他们说天醉楼的烹调也还凑合。吃到后来,他们发现,天醉楼的饭菜很差,人们便改歌颂为嘲骂。这个说,天醉楼的鱼像死老鼠;那个说,天醉楼的汤像洗脚水;这个说,天醉楼的米饭里掺了沙子;那个说,吃天醉楼的饭保证致癌;另一个说,天醉楼必须取缔。

大家把天醉楼骂了个体无完肤,也把饭菜吃了个盆干碗净。

伊妹儿

老王的电脑联网了,他好不容易学会了用伊妹儿。他兴奋地给遥远的朋友发了几封电子邮件,并很快收到了回信。

老王大喜过望,见人就说电子通信的好处,同时他感到奇怪,这么方便的通信手段,怎么还有那么多人不用也不会用也不打算用?他成了电子通信的热烈宣传者。

他说得多了,渐渐惹人讨厌。

第一个朋友说:"我不喜欢网上的垃圾。我宁愿过得干净一些。"

第二个朋友说:"我已经年过七十,学这些时髦玩意儿是力不从心啦。"

第三个朋友说:"你老兄这才用了几天伊妹儿呢?"

第四个朋友说:"老子就是不用,你怎么样?"

老王十分惭愧。

许诺

老王在一个场合受到一位大人物的接见。大人物见了老王非常高兴,亲切地拍着老王的肩膀说:"久违啦,老赵同志,你看我是太忙啦,我早就想与你好好聚一聚啦!这样吧,下个月我一定找你来吃个便饭。"

老王有点糊涂,他怎么成了老赵了呢?另外,他和大人物过去虽然有过一面之交,但谈不上什么旧谊,大人物何必要与他"聚一聚"呢?是不是他老认错了人了呢?

底下的谈话证明,大人物不像是认错了人,大人物说的话完全符合老王的情况,只是大人物仍然老赵老赵地称呼着。老王蚊子般地嗫嚅着"我是老王"。大人物一直没听见,仍然兴致勃勃地与"老赵"谈着话。

老王很高兴,回去将受到接见的情况告诉了妻子,并且说他不久将被邀与大人物聚一聚,吃顿便饭。妻子也很高兴。

老王没有说自己被称作老赵的事情。他姓什么其实不是什么太大的问题,姓氏说到底是人类自己给自己画地为牢制造出来的。而且他慢慢体会到,大人物与他的谈话本来也就是既适合老王也适合老赵、老张、老李、老刘、老×的。

他等待着邀请,等了好几年,虽然至今没有被邀请,他仍然是高兴的。他想起来不免引以为荣。他时常对朋友说:"大人物真是平易近人呀,对人真是不错呀。他要找我一起吃个便饭呢!"

许诺（又一）

老王接到老友老彭的长途电话："我把最近读过的最好的一本书给你寄去了。"

老王说谢谢，开始等待老彭寄来的书。一个月过去了，书没有到。

一个月后，老彭来长途电话问："老王吗？书读了没有？你有什么感想？"

老王告诉他，还没有收到书。老彭说："你再等几天，如果还收不到，告诉我，我再给你寄一本去。"

又过了一个月，老王仍然没有收到老彭寄来的书。老彭来电话，老王说明没收到书，老彭很不高兴，说："我不是跟你说了吗？再收不到来电话呀，你怎么不来电话呢？"

老王唯唯，直道歉。老彭告诉老王，他将立即给老王再寄一本书去，此次电话中，老彭又核对了老王家的住址和邮政编码。

又一个月过去了，书仍然没有收到。他到邮局查找，没有结果。老王失眠，气短，左右为难。他想如果老彭再来电话，他说什么好呢？说还是没收到，有故意与朋友为难之嫌；说收到了，可以免去许多口舌，但又成了说谎。要不他赶快去书店买一本老彭提到的书，但仍然解决不了他如何回答老彭的电话的难题。

　　他简直不敢再与老彭联系了,他觉得是自己做了对不起老友的事。

胖瘦

老王年轻时很瘦，体重经常维持在五十三公斤左右。这几年——就是说改革开放供应改善以来——他的体重增加很快——目前是七十公斤了。

过去，朋友见到他就说："啊，你又瘦了。"

老王笑道："这么说，我原来还不算太瘦啊。"

现在，朋友们见到老王常说："你是不是又胖了？"

老王说："也可能吧，其实也没有多胖啊。"

再后来，朋友们见到他，有的说他瘦了，有的说他胖了。

他很高兴，他说："这说明我没胖也没瘦呀。"

高兴完了他才黯然神伤，他想："这说明，除了胖瘦，我已经提供不出什么话题来啦。"

伤心了一会儿就不伤心了，没事儿谈谈胖瘦，谈谈减肥、节食、补钙、加锌什么的，上哪儿找这样的好日子去呀！

胖瘦

拒绝

朋友们家里安装了空调，老王不要，他说："人本来是能适应气温的变化的，加上空调，人的适应能力自然就退化了，人愈活愈娇气，有什么好！"

朋友们购置了电脑，老王不要，他说："在我没有患老年痴呆症以前，我的人脑已经够用啦，要电脑做什么？电脑用多了，人就变成电脑的奴隶了。"

朋友们购置了移动电话，老王不要，他说："只有最浅薄的小暴发户才弄个移动电话要耍。连欧洲的后现代名家都说了，移动电话是为搞破鞋的男人和逃税的走私者准备的。你们看看，副部长以上和副教授以上的人物谁提着个移动电话来？"

朋友们购置了电视机，老王不要，他说："大量论证告诉我们，看电视就是接受精神控制，就是人的主体性的丧失，就是吸精神鸦片，我才不要那玩意儿呢。"

朋友们谈起来，都说老王很伟大。

过了几年，人们发现，老王家里有了空调，有了电视机，有了移动与不移动的电话，有了一切能导致精神危机的产品。

老王说："它们愈是好用，我的精神危机就愈严重。有了电脑，就有幸福吗？有了电视，就有爱情吗？有了空调,就有友谊吗?有了小康,就有和睦的家庭吗?有了现代化,就有真理、正义、公平和高尚吗?我确实讨厌它们,但我还是用了它们,这难道不是人类的悲剧吗?难道我们是为了一些花花哨哨的小玩意儿才来到这个世界的吗?"

于是大家觉得老王不但伟大而且深刻,觉得老王至少是本世纪最深刻的人之一。

乱码

老王的好友老米一生酷爱文学，为了文学，他经常被认为属于"不安心本职工作""有资产阶级'三名三高'思想""思想复杂""顽固地坚持自己灵魂里的自由王国"者，这样，他耽误了升迁，影响了入党，评不上职称，也没有分上房子，最后搞得妻离子散，没有一个家属愿意与他一起生活。

最悲惨的是他写了无数稿件，全部被境内外出版家编辑家枪毙。他只好把他的几大车废纸拿给老王看。老王实在看不下去，他甚至想，这样的人只能给自己又给他人带来痛苦，真不如死了好。

这天老米天不亮就给老王打电话，说是他写出了足以夺得诺贝尔文学奖的名篇，又说他的作品是真正后现代的奇葩。不管老王是否正在睡觉，他要求立即将他的杰作送到老王处。

老王出于一贯的人道主义理念，无法拒绝当下正处于极度兴奋状态的老米，便只好穿衣恭候。老米来了，老王一看，只见第一行赫然写着：虱馁吝陬耷琊蛸剡臼邮鹞木铆笏癸……老王大惊失色，颤抖着声音忙问："您，您老学会用电脑了？"

老米面如土色，不言语。

老王继续问:"您老人家用586还是486? 奔腾三还是奔腾二? WINDOWS97? 98? 2000? WPS2000? XL? BR? CHINESESTAR? RICHWIN? 仓颉码? 图形码? 简体? 繁体? MADE IN HONG KONG? MADE IN TAIWAN? 这个这个……"

老米的脸蛋逐渐变红,他不屑地将手一挥说:"电脑破坏灵感,就是说破坏烟士披里纯。现在的真正的人文学者一律拒绝电脑,拒绝电能,拒绝科技,拒绝现代性。你连这个都不知道,真是落了伍了。"

于是老王唯唯,过去他只知道电脑会打出乱码,从未想到人脑也会产生乱码,他对老米从此五体投地矣。同时他也相信,新千年确有新气象,能代表新千年者,舍米其谁!

时机

老王见到科学技术的日新月异，不甘落后，想买一台电脑。他向懂行的朋友咨询，朋友说："你最好再等一等，286会降到七千多块钱一台，那时候再买就比较合算了。"

一年后，老王又想买电脑了，朋友说："现在286太落后了，应该买386了，而386现在太贵，不如再等待一下时机。"

两年后，同样的情况出现在486，然后是586，然后是奔腾一，然后是奔腾二，然后是奔腾三……

于是老王不再考虑时机，干脆胡乱买上一个用吧。他想，难道最好的时机不就是现在吗？

电话

老王是一直到了一九九五年才在家里安装上电话的。

开始,他欣喜若狂,觉得有了电话很方便。接下来,他渐渐觉得讨厌,有了电话往往会有些不三不四的人来骚扰,他们整天无所事事,便来电话瞎扯,有时候在电话里传一些流言蜚语,有时候在电话里说一些低级趣味,有时候约他去吃酒打牌——他明明是既不会饮酒也不喜玩牌的。

这年冬季风大,几次电话线都被吹断吹乱,电话动辄故障不通,老王觉得极不方便,便给副市长写了投诉的信。副市长十分重视,亲自抓老王的电话线的问题,最后给修得好好的,拿老虎钳子去剪也剪不断了。

结果此事被地方报纸看中,登在了头版头条,以表彰副市长重视投诉、切切实实地做人民的老黄牛的好品质好事迹。

这样老王连带着也出了回名。老王的同事都觉得老王无聊,给领导找事,出风头,像个刁民。

于是老王见人就解释:"其实那几天电话坏了,我过得最舒服啦,耳根多么清净!只不过是电话局刚刚向用户做过承诺,说是遇到故障一定会在接到报信后二十四小时内予以排除,我生气的是他们说了做不到,才给人民公仆写了信。我才不稀罕那个电话哩。"

朋友们哈哈一笑,但背后都议论老王心口不一,自相矛盾,有点小小的两面派呢。

电话（又一）

老王从旧笔记本中找到一个老朋友的电话，正好有件事想与他交流交流，便按号拨通了电话。

没有人接。

再拨，还是叫通了没有人接。

拨了许多次，都是通了没有人接。

莫非是空号？莫非此人已经搬家，此号已经作废？这些年多少人迁入了新住宅，安装了新电话，改换了新号码！

他委托在电话局查号台的朋友的孩子替他调查，结果是并非空号，电话的主人就是老王的那位朋友，身份证号码110109×××08099。

也许他出国了吧？这个年头出国的人多如苍蝇，你出去半年，他出去一载，你去探亲，他去讲学……

他给这位朋友前后用了半年时间打电话，一直是叫通了无应答。

终于在若干年后的一个场合见到此位仁兄，老王连忙问："您搬到哪里去了，您的电话？座机？手机？呼机？我找得您好苦！"

朋友甚觉意外，连忙反问："王兄有何见教？王兄有何吩咐？王兄有何见识？"

这个这个，老王这才发现，他没有什么正经事情要找人家，没有见教盼咐见识，他只是打不通电话起急罢了。

……此后，老王给朋友打过两次电话，一拨就通，一通就接，一接就问他有何见教，而每次被问得嗫嗫嚅嚅的都是老王。

从此老王再不给此位老朋友打电话了，后来那本惹事的电话簿也丢了。

文化

老王最近得了感冒,他听众朋友的介绍采用了民间验方:以可口可乐煮鲜姜末,趁热吞服,果然有效。

老王大奇之,心想可口可乐如此饮法,真令握有可乐生产专利的美国公司吓死了也。

老王去一家在国内做生意的外国人处做客,他喝了用果汁泡过的茶,这已经使他颇觉奇怪了,他又喝了加薄荷叶的茶,喝了加桂皮、加胡椒的茶,他更感到惊异之至。

朋友介绍说,这就是文化不同造成的不同生活方式、饮食方式。

老王觉得文化真是一个好词,令人没有解决不了的问题了。

文化

问安

老王年岁日益大了,他的子女、亲戚、老新朋友常常有事无事地来个电话,问候一番:"王老最近好吧?身体怎么样?吃饭好不好?睡觉好不好?大便小便怎么样?没有咳嗽吧?没有拉稀吧?没有便秘吧?天气不好,太冷了,太热了,忽冷忽热了,流行性感冒、流行性肝炎、流行性亚急性肠胃炎正在流行,请多保重吧。"

他习惯了旁人的关心。某一天没有接到问安的电话,他觉得若有所失。

"失"完了,他禁不住哈哈大笑。

挂历

每年年底，老王都收到亲友寄来送来的彩色挂历，同时老王也考虑着谋划着将一部分挂历送给友人，包括电梯员、邮递员、物业管理人员，他也尽量都送到了，以联络感情，融洽关系，皆大欢喜。这么一谋划，他深感自己的挂历太少，给自己"上贡"的人太少，就是说社会地位太低，人微言轻，不够应用。

每年春季他都发现一个或几个无处悬挂的挂历，时过年迁，不好再送人，自己也用不着，眼看着几个星期前的抢手货转眼变成了废品。"真是浪费呀！"他叹息着，咒骂着社会风气的每况愈下。

后来他为废挂历派上了用场：给孙子包书皮。人微言轻书皮纸，挂历又亮又花又结实又厚，真是用得其所。

他羡慕挂历的命运。

书法

老王的一位有市场经济头脑的老友老靳来找老王，说是最近出现了一名新潮书法家，叫老玉。墙里开花墙外香，老玉的书法在国内圈子里颇有争议，但在美国法国德国意大利奥地利澳大利亚新西兰日本韩国新加坡都很行时。拍卖行上已经卖到每个斗方上万美元的行市了。经老靳组织专家研究，他们认定老王写的字很接近老玉，而且老王与老玉，他们的姓名只有一点之差，他们希望老王在他们专家的指导下写一点字，每天写三幅字，报酬是每月人民币二万五千元。他们全力包装包销，如果成功，老王将成为大器晚成的新潮大书法家，从此财富无限，风光无限，前途无限，追星女郎无数。

老王听得很入神，频频首肯，完全赞成，百分之百地同意。他激动地说，我们确实赶上了好时候，我们生活在一个梦想成真的时代，我们生活在一个不喝人头马XO也能心想事成的年代，我们生活在一个机会比苍蝇还多的岁月……但是，他不准备去练习书法，更不准备去冒充老玉。他没有任何理由为自己的缺乏决断力与奋斗精神而辩护，他只是说："算了吧，算了吧……"

相识

老王去参加一个什么纪念会,会后有自助餐可吃。取盘子的时候,他看到一位长得很像自己的老头子,便说:"您好,咱们在去年的同一种纪念会上见过面,是吧?"对方看了他一会儿,摇摇头,说:"没有吧,我实在不记得您了。"老王觉得无趣。这时过来一个风韵犹存的女士,才一见老王便甜甜地笑起来,老王赶紧过去伸出了自己的手,并说:"您好,咱们是在去年同一类纪念活动中见过面的,是吧?"女士愕然,没有理老王,而是向老王身后的老汪走去。老王明白了,人家甜美的微笑是对老汪发出的,自己与人家其实素不相识。

后来老王取了许多吃的,他想来想去仍然认为他就是没有记错,是对方太健忘了。真是奇怪,他见到每一个人都觉得似曾相识,他从来感觉不到对方的陌生。然而,这是没有办法的事,他再不要瞎套磁了吧。

于是他埋头吃东西,就像一辈子没吃饱过似的。他见到任何人也不打招呼了,就是人家过来与他握手,他也只是轻软地一握,不与人家说话。

后来,他听到群众对他的反映:一个是贪吃,一个是摆架子。

相识

名片

老王见人常常收到一些名片,时间长了,名片多了,他觉得很有负担。把人家的名片扔掉吧,似乎是不讲义气,不够朋友;全保存起来吧,早就忘了谁是谁了,一点用也没有。

为此,他与一个亲密的朋友商量。朋友说:这样吧,你清理一遍名片,要是想得起是谁就把名片留下,实在想不起来是谁,也就不要保存了。老王说:那不太对吧,知道是谁,没有名片也没事,不知道是谁,才需要名片呢。朋友说:那也不对呀,你想想,你连人家名片的主人是谁都不知道了,活人都忘了,留下一张纸片子又有什么用?

就为这个问题,老王想得浑身起了痱子。

足球

老王本来对足球一窍不通,居然在韩日世界杯期间也看了一个月的球。

"你也看球?"朋友们疑惑地问他。

老王不好意思,便说,反正也没有什么事干,大家看球我也就看球吧。

想了想,又说,看球好,中国队早早回了家,省得看球时太激动,我是愈看愈踏实了。

还想了想,说,要是不看球,见了亲戚和朋友,也不知道说什么好了。

又想了想,说,只有足球在比赛结束前不知道结局,总算还有点悬念。如果嘛悬念也没有,那还有谁想看呢?

后来又说,其实,不看也行。

足球（又一）

老王有一个朋友老醋，比较自命清高。他这天见到老王，用一种高高在上的口气问："你看足球比赛了吗？"

老王想该怎么说更好，一犹豫，便觉得自己也伟大了一些，这不是，老醋问他话，他干脆不理。

老醋只好再问："老王兄，你看足球比赛了吗？"

老王仍然不回答，而是用鼻子哼了一声。

老醋大惊，老王怎么也这样高级起来了，不知如何是好，乃评论道："看足球其实是小市民的习惯，是向往小资的无聊，我其实是一向不看的。"

老王想，专门标榜自己不是小市民，您就成了大市民了吗？标榜自己不会说英语，就证明自己爱国了吗？标榜自己看不起所有的人，就显出您的伟大来了吗？

但老王是个厚道人，便说："好好好。好好好。"他同时对自己看一个月的足球十分惭愧。

喜讯

老王清晨尚未起床,接到一个电话:"哈哈哈,老王,听说你买彩票中了百万元特等奖!"

老王打了一个哈欠,说:"哪有这样的事!"

第二天清晨,又是一个电话:"哈哈哈,老王,听说你儿子升了局长啦,恭喜恭喜!"

老王哼了一声,说:"大概没有这么回事。"

第三天清晨,还是一个电话:"好你个老王,有好事还不告诉我们,怕我们分一半儿吗?"

"什么好事?什么好事?"老王嘀嘀咕咕,磨磨叨叨。

"你自己想去吧!"电话挂上了,对方很愤怒的样子。

老王拼命想了半天,这一天过得很不愉快。

黄昏恋

老王的邻居老李丧偶,过了两年,说是黄昏恋上了。

他要结婚了,把房间里所有的旧物全部淘汰,拉走了五车。房间全新装修,从顶棚到地板,从卧具厨具到厕具,从沙发到吊灯台灯,从牙刷到拖鞋,从卫生纸到杀虫药水……全部换新。

由于装修吵人,邻居们议论:"这么大岁数了,还折腾什么!"

还有人上升到理论,指出:"在没有外敌、内敌和假想敌折腾人的时候,人一定要自己折腾自己。"

后来老李结了婚。

结婚一个月以后,老李因心脏病发住进了医院。

原先嫌他装修吵人的评论道:"作(读阴平)吧,作死呢!"

后来老李出了院。

后来听到他的新房里传出来他与新夫人吵架的声音。

还是那些人,评论说:"自找,自找那个不肃静!"

又过了一年,老李去世了,享年七十三岁。

那些人议论说:"都是他的黄昏恋催的,要不然,他至少应该活八十四岁。"

只有老王的儿子说:"离世以前还黄昏恋了一回,李伯伯死而无憾啦。"

儿子评论那些对老李的黄昏恋说三道四的人说："他们是馋的。"

思想家

老王买了一个红球,回家后觉得不如买一个白球,便去商店换成白球。换回白球后又觉得不如红球,便又换回红球。换回红球后又放不开白球,便干脆到商店再买一个白球。一红一白两球在家,令人不安,便再去商店退掉了两球。

老王深感目前的商业服务改进良多,便在晚报上发表了一篇文章,予以表扬。同时他也深感事物难以完美周全,选择是人生的一大难点,选择实际是很痛苦的事,他为此对人生的意义颇感疑惑。

老李买了一个黑球,从此家里有了一个黑球。虽然老王多次建议他改购红或白球,但他都不予理睬。

后来,老王被称为思想家,老李被称为政治家。

CD

一位移民海外的朋友送给老王一批激光唱盘,一般简称作 CD。其中老王最喜爱的是柴可夫斯基的那一盘。

听了几次以后,老王把 CD 放入橱柜,很久也想不起来听音乐。

最近突然又想起来了,便找柴可夫斯基那一盘来听,偏偏,其他所有的唱盘都有:莫扎特的、海顿的、比才的、约翰·施特劳斯的、德沃夏克的、肖邦的……都有,就是没有柴可夫斯基的了。

太太说,一定是你太喜爱柴先生的音乐了,你特意把它藏到你自己也找不到的特殊保密的地方了。

老王说,是不是旁人也喜欢老柴的音乐,甚至小偷也喜欢柴可夫斯基,所以他们拿去此张 CD 后再不归还?

老王又说,如果随便拿人家东西的,亦即涉嫌手脚不大干净的哪一位女士或先生确实是柴可夫斯基爱好者,我们倒也属同好,我愿玉成他或她的爱好。

太太说,你再买一张老柴的 CD 不就结了?

老王说,我再买一张也解决不了我喜爱哪一张专丢哪一张的问题。

鸟笼

老王从早市上买了一只鸟。

老王本来是最讨厌用笼子养鸟的,他的见解是,人的爱心里包含着占有的欲望,这也是老子名言"天下皆知美之为美,斯恶矣"的一解。以爱鸟始,继之以捕鸟、囚鸟、驯鸟、奴役鸟、玩鸟、倒卖鸟、做鸟标本、食鸟……终。太可恨了!

但是,据说是这只鸟选择了老王。他在鸟市上,一只并未囚在笼子里的画眉飞到他的肩上来,歌喉婉转,声调动人。卖鸟者说,这个画眉是通灵性的,它知道人的善恶真伪亲疏,它选择自己倾心的主人。

老王当真有一点感动。他知道自己一辈子成不了大事就是因为易于被感动。他花了不菲的价钱,买下了画眉。当卖鸟者把画眉装到笼子里的时候,他一怔,怎么要入笼?他的疑问使卖鸟者哈哈大笑:"怎么着?您以为它是您的朋友啊?客人啊?它能跟着您进家吗?"

然后是与太太、孩子、亲友间旷日持久的讨论争论悖论:

放生?无非是让以捕鸟为业的人再捉它一次,而且,它早已丧失独立野外生活的能力了。

放在房里养?美国方式?你有那么多空间吗?你的房间有那么安全吗?你能保证进你们家的人对于鸟类都是友好

鸟笼

的吗？鸟屎问题能够不让人烦恼吗？何况你还养了一只猫！

干脆放出来随它的便？它是弱势生命呀，它是你强行带回家里来的，你的责任心在哪里？

送到大学生物系？干什么？做标本？解剖？烧烤？饿死它？

一个月过去了，两个月过去了，老王精心照料着画眉，画眉生活和歌唱得相当不错。

老王被邀走了一趟大西北，离家二十多天。

回家后，老王发现笼子大开，太太说是画眉已经飞走了。

老王大惊，详细盘问，太太推给孩子，孩子推给保姆，谁也说不明细，而且大家都不愉快。太太说，你关心鸟胜过了关心我。孩子说，你这是老年忧郁症。保姆说，大爷，您要是这么不相信我，我就辞活算了。

鸟的下场到底如何，老王始终弄不清楚，这成为他的生平与家庭历史上的一个新的黑洞。

倒是那个笼子，完全打开了，门闩也坏掉了，囚不住任何鸟儿了。

红花

去年初冬,老王做了一次白内障手术。手术前,他已经老眼昏花。入院时,经过一个住院区的小花园,他仿佛看到了飘飘黄叶与满地灰尘中有一朵小红花。

他很激动,寒风已经凛冽,气温已经降到十度以下,四肢已经发抖,他的视力已经只有零点零一,但是他看见了一朵坚持在初冬开放的小红花。

他与子女、与前来看望的单位同事说起这朵花,旁人听了没什么反应,不太相信初冬有花。女儿还说,可能是由于老爹眼底出血,误以为开了红花。

出院时,由于兴奋,由于视力似有恢复,也由于单位的现任领导来了,他只注意回答领导关切的提问和表达对于现任领导的感谢,他没有注意那朵红花。后来他想,那朵花理当开败了,气温进一步降低了嘛。

两年后,他应一个老同学的邀请到一家宾馆聚会,庆贺春节。那天正是天寒地冻,北风呼啸,他发现宾馆大门前的树上有几朵小红花。他刚一说,同学们就告诉他:"假的。"

假的?他觉得有点悲哀,有点困惑,有点好笑,有点天真,有点善良,有点轻信,有点廉价,有点美丽,有点梦幻,有点小儿科。还说什么呢?北方就是这么可怜,一年中有半年多大致没有叶更没有花。

他后来发现了许多宾馆，疗养地，中、高级住宅小区，都有在干树枝上绑小红花的。

他与女儿说，女儿不知道怎么想起欧·亨利的小说《最后一片藤叶》来了，说，这无非是人的自我安慰。

那么请问，他动手术那一年看到的那朵小红花呢？也是假花？

不，他坚决不相信。那个时候没有这样的习惯，那个时候市场经济还不发达，那个时候欧·亨利的小说还没有普及，那个时候医院的人不会有闲工夫去弄小儿科的假花。

那是真的！老王在梦里大叫，把王太太吓得不轻。

后来孩子也知道了这事，他们面面相觑，见到老王不说别的，赶紧表白："爹！我们绝对没有不相信，那是真的！！！"

MP3

老王学会了下载 MP3，收听到了——寻找到了各种遗失多年，如同被风吹走、被浪花淹没的宝贵的记忆。

他听了黎锦晖的儿童歌曲，他听了周璇和李丽华的电影插曲，他听了俄语唱的《灯光》与《遥远啊遥远》，他听了柴可夫斯基与门德尔松，他听了德沃夏克与斯美塔那，他听了"红太阳颂"系列，他听了帕瓦罗蒂、意大利神童歌唱家、王昆、楼乾贵、黄虹，他也听了古筝《平湖秋月》与古琴《高山流水》……

他太兴奋了，像是找到了老年间的伙伴，像是找到了自己的过往，像是重温了一遍七岁、十五岁、二十九岁、三十六岁、四十九岁、六十八岁……听遍歌曲人未老，MP3 这边独好。还保存着，还记忆着，还感动着，还湿润着呢。我就是这样活过来的呀，我分明是活了好几十年了啊，我分明是听了许多歌曲，哪怕只是为了听歌儿，走这一趟也是值得的啊。

老了再重新听一遍歌曲是多么幸福啊。老了也是值得的与必要的，只有老了以后才有听不完老歌的动人的感觉。你经历了，你熟悉了，你重温着，你珍惜着，你温暖着也悲伤着……真好。

MP3（续一）

听多了 MP3，老王也碰到一些麻烦。有时候谷歌或者百度上调出歌曲或者乐曲的条目，实际上却显示为"不存在""无法下载"或者总是"准备就绪"四个字。而只要是此四字，就永远播不出来了。怎么"准备就绪"的含义是如此这般呢？……有时候条目是音乐，一点击，出来的是电器广告或者性感美女半裸照片。有时候音响图示出来了，先说是"在连接媒体"，再说是"媒体已连接"，再说是"缓冲"；先说是缓冲已完成百分之六十四了，想不到的是接续六十四的不是六十八也不是六十五，而是变成了完成百分之一，从头开始。更可乐的是写着勃拉姆斯，出来的是刘德华；写着舒曼，出来的是邓丽君。有时候标志飞快运行，却只出了一些乌七八糟的怪声。有时候，老王发现了一首好歌，将其保存在收藏夹里，下回点击，却已经杳然无踪影。有时候老王与电脑互联网较劲，半个小时老王出了一身汗，却什么也没有听到。

老王的孩子看到老父天天与电脑较劲，正在变成网络上瘾者，孝心油然而生，便注意老王在求索什么，暗中记下，到视听用品商店采购了一批 CD、VCD、DVD，甚至还有什么 EVD，在老王的七十四岁生日那天作为礼物给老王送了来。

老王悻悻。老王唯唯。老王哼哼唧唧。老王怔怔磕磕。老王四顾茫然。

最后才明白，老父的意思是说，从MP3上找有一个过程，有一种不确定性，有一些惊喜，有一些运气，有一些天意，瞎猫碰死耗子，声东得西，一不小心就听到一首好歌，这才是人生啊！如果一切都是调好了，印刷在EVD上，批量生产，效果同一，百分之百的把握，还有什么意思呀！

父亲毕竟是太老了，儿子流出了眼泪。

MP3（续二）

各种 D 并没有取代 MP3 的地位，老王每天仍孜孜不倦地听 MP3。各种听过而且记住了的，听到了，如逢老友；忽然听到，似曾相识，终又邂逅的，半老不生的曲子，也听到了，如逢千解释万介绍才略生印象的友人；偏题冷门，不但当初没有听过，对作曲家与曲目也是闻所未闻的货色也搜出来了，如结识新知。

此时老王收到了一位老同学赠送的音乐厅演出的音乐会的票，他去了两次。他听到了辉煌真切的交响乐，他欣赏了天才的乐队指挥的风采，他欣赏了客座外国独奏家的高超技巧，他也感受到了在一个光辉的音乐厅里听音乐会的满意感、高雅感、充实感、温馨感。

我有多么幸福！

老王干脆又预订了下一个演出季的门票，老了老了，他将作为音乐粉丝度过自己的余年。

从此，MP3 笼不住他的心了，失真，没有现场感，轻慢，太马虎了，用 MP3 听音乐其实是对音乐的亵渎……再想回到初听 MP3 的热泪涌流的心情、感激神往的心情，已经不可能了。

人啊人，你是个多么讨厌的动物啊！

宠物

老王养了一只宠物。

他为它专门到外资超级市场购买了宠物食品、宠物排便用的人造沙、宠物窝穴用具、宠物餐具、宠物药品等,全部都是原装进口名牌。

它比我还强呢!老王想,有点不服气,并为自己把嫉妒心用到了动物身上而惭愧。

越宠越觉可爱,越觉可爱越宠。老王爱听宠物的呻叫声音,爱摸宠物的皮毛,爱看宠物的小淘气的行止,爱看宠物进食的贪婪样子,爱与宠物逗弄着玩,互相追逐,互相恐吓,乃至连宠物拉屎老王也在旁欣赏:看,它是多么爱清洁,自己拉完用沙埋好,然后自我洗脸……

在孩子们都长大了忙于生活工作的时候,在孙子们忙于做作业的时候,在原单位的人已经越来越不认得的时候,有了宠物,有了人类的忠实伴侣,有了永远不会嫌你老嫌你啰唆嫌你地位低嫌你路子不野的宠物,真是天赐幸福,天赐友人呀!

孩子们告诉父亲,在楼房里养宠物很麻烦,最好给宠物做阉割去势手术……

老王断然拒绝,他斩钉截铁地说:我不干那缺德事!我是养朋友,不是养太监!

宠物

八个月后宠物发情，入夜就大闹。一开始宠物一闹老王便起床抚慰宠物，拍拍宠物的小脑袋，胡噜胡噜宠物的皮毛，甚至与宠物说点知心话："小糊涂（这是老王给宠物起的名字，取难得糊涂之意），你闷得慌了吗？你想交朋友了吗？你想出去玩一玩吗？你也君子好逑了吗？你也有女怀春了吗？对不起，咱们这儿不行呀，咱们这儿是楼房呀，我要是让你出去你找不回来呀，外边坏人太多，有吃宠物、扒宠物的毛皮卖钱的呀。你就和爷爷在一起，不要外出了吧，行不行？"

宠物发出类似哭泣的声音，低下了头，不闹了，老王感动得热泪盈眶。

过了两天，宠物又闹起来了，又谈心，说服，晓以大义，踏实了两个小时。在老王睡得正香的时候，它又大闹不止，老王的神经受到很大刺激，他也不准备再睡了，陪宠物说话游玩，帮助宠物度过寂寞的青春苦闷时光。

然而，我实在帮不上忙啊！

然后宠物更加不安，老王陪它时没事，老王上床也没事，只要老王一睡着，宠物便哭天嚎地，怪叫怒吼，吓得老王夫妇哆嗦起来。

……

老王忍痛打算向朋友转赠宠物，但条件是接受方不得给宠物做断子绝孙的手术，于是无人接受。

终于，在一个宠物惨叫的深夜，老王把宠物带出去，丢到了远处的一个公园里……回家以后，老王哭了，我有罪呀，我有罪呀……我们的宠爱害了它呀。

多雨

二〇〇八年春夏的雨水相当频繁。今天一场雨,明天晴了一天,晚上忽然黑云自西北方飘来,一场阵雨。已经是满天繁星,明朗无云,睡着睡着雷电交加,风雨大作,第二天起来到处是水洼水流。预报有小雨,最后变成了大雨。预报没有雨,结果下得淅淅沥沥……

已经很久很久了,老王没有碰到过这样的多雨的春天夏天了。雨声、雷电、潮气、雨泡……多雨的北京城,似乎是童年的往事。

风声一响,雨气一浓,雨点浠到北面窗户上,老王只觉得自己回到了童年。好像是忙于考试,他得意于自己并没有狂开夜车、咬牙切齿,却得到了比暗中与他较劲的尖子生更好的分数。好像是刚放暑假,写下了自由美好的暑期生活计划。好像是约好了伙伴到什刹海去玩,喝莲子粥与看水上的餐厅点煤气灯。好像是来到了荷塘,欣赏莲花、蜉蝣与蜻蜓。好像是淋成了落汤鸡,蹚着胡同里及胫的积水。好像是突然赶走了暑热,享受到了清新凉爽。雨后满胡同里飞老琉璃(蜻蜓),夜间则到处是萤火虫。

如果冬天能再下几场大雪,我也就重返童年了。童年已经不再,童年仍然留恋。童年多雨多雪多小虫。老王想起儿子小时的名言:咱们家多好啊,有土鳖,还有蚊子,有老鼠,还有苍蝇……

猫懂话

老王与一位朋友一起在一家酒馆小坐，这时爬过来一只小虎皮猫。老王说："我最喜欢小猫了，小猫的样子特别叫人爱怜，再说猫的智商可高了，它们各有各的性格……"

朋友说："算了吧，我从前养过猫，可脏了，猫爪子爱乱抓东西，把我的沙发都抓坏了……"

虎皮猫静静地听着他们的话，样子有些踌躇不安，过了一会儿，它轻轻跳到老王身旁，摊直身体入睡休息。

老王的朋友大惊，说："哎呀，猫完全听懂了咱们的对话了，你看它找你却躲避开我……"

后来他们又想起，有一位粗鲁些的友人，一次见到一家养狗，便胡乱说："养它呢，还不如剥下来卖狗皮呢……"此话一发，那只狗恨得疯狂撕咬，狗的主人耐心向狗解释："他是开玩笑，他说着玩呢……"狗仍然不依不饶，此后也是只要见到这个人就大咬特叫。

谁知道？猫狗是如此了，鸡鸭呢？花草呢？也许还有石头？也许这个世界其实懂得咱们的一切啰里啰唆与窃窃私语？

骑车人之死

有关豪雨的记忆之中，夹杂着对一个西班牙影片《骑车人之死》的记忆。

一九五八年那年老王犯了"错误"，听候"处理"期间到一家古建筑工地当小工。他学会了和花秸泥、麻刀灰、洋灰，递砖瓦，挑、抬建筑材料直到抹灰，最有趣的则是用一个长把勺（大粪勺）给师傅供灰。他觉得有点莫名其妙，但也有趣。那是一个生活中常有意外的年代，命运中常有不测的年月，是一个什么都可以打乱，什么想象也没有生活稀奇与丰富的岁月。

然而活儿很累，又没有休息天。这天，上班没有多久，突然下起了瓢泼大雨，工头宣布歇工。老王大喜，冒雨骑着自行车回到家，与正在度暑假的妻子一起到近处一家电影院看了一场电影，是那个年月极少看到的西班牙影片《骑车人之死》。他们看得津津有味，看得极过瘾，极幸福。

那里头有一个长相极有特点的女主人公，她好像杀了一个人。那里头有汽车与自行车。此外什么也记不得了。

但是他记得那场豪雨，直至散场了，满街满天仍然都是雨，满街满天仍然都是雨的潮味儿。

后来再没有这样凑趣的雨，这样凑趣的电影，这样凑趣的建筑工地，这样凑趣的夏天了。

谁道人生无再少，门前流水尚能西，休将白发唱黄鸡。温习年轻时候的事情，不也是很安慰的吗？

曹操来了没有

老王的孩子，吃饭时给老王讲了一个故事，说是现在中国人考外国人汉语，也足足地给他们出了难题，出了中国孩子托福考不好的一口鸟气。例如，去年有下面这样一道题：

张三和李四一起吃饭，吃着吃着，王五进来了，张三说："嗨，说曹操，曹操就到！"

请选择以下答案：

A．张三到了。B．李四到了。C．王五到了。D．曹操到了。

说是大多数学汉语的外国人都回答，是曹操到了。

老王认真地听了一会儿，他认真地问道："那么到底曹操来了没有呢？"

子女大惊，认为老王的智力出了大问题。

过了几天后，老王的女儿悄悄问爸爸："您的智力怎么了？要不要去一趟安定医院？"

老王说："我逗你们玩呢。"

然后老王给子女出了一个选择题，请他们挑选一个答案：

A．老王逗孩子们玩。B．孩子们逗老王玩。C．考官逗外国学生玩。D．大家互相逗着玩。

曹操来了没有

母为人先

老王的孙子碰到了一个麻烦,他的父母、祖父母、外祖父母帮他分析始末,出主意,设法解决问题。

事情是这样的:

老师讲一道算术题,预先说了这道题多么难做,讲完后问:"你们有谁会做?"

孙子立即站了起来,走到黑板前拿起粉笔,开始做题。

他的身后有起哄的声音,似是佩服者有之,似是不服者有之,似是讨厌者有之,似是看热闹者有之,叫孙子的绰号予以取笑者有之。

孙子刚刚写了第一个式子,可能与老师想的不一样,就被老师打断制止,老师嘴里说着:"不对不对不对不对不对……"约二十几个"不对",将孙子轰回了原座位。

全班同学哄堂大笑。责骂声响起:"自大多一点!""这回不显摆了吧?""不对不对……"(学着老师的说话)"崴了吧您哪?"……

孙子讲解了自己的解题方法,众长辈一致认定,孙子的解题方法无误,与老师讲的方法殊途同归。

妈妈说:"我要找个机会去拜访老师,向他反映一下意见……"

没等妈妈说完,爸爸就说话了:"孩子,你的解题方法虽然正确，也值得表扬，但是对老师的想法也要有一个正确的理解，可能你站起来得太快了，把复杂的难题看太轻了，他希望你再深思熟虑一点……至于去提意见是绝对不灵的，老师不会承认你早就破解了这道题，你也提不出证据证明你当时的想法就是正确的，就是与现在的想法一样。再说这会影响你与老师的关系……"

姥姥说："以后这样，什么事你都要慢半拍，一停二看三通过。如果全班没有一个说会做，那么哪怕你会做，也不用出声。如果有个把人举手，你也缓缓地把手举起来。"

姥爷说："孩子，明白了吧，关键是自己学好了，别的事宁可落在后边，不可抢在前头！"

……

老王说："第一，孩子是正确的，你没有必要不高兴，起哄也好，制止也好，他们是不对的。第二，他们对不对我们是没有办法管的，相信他们将来会认识到；如果认识不到，那也只能算是他们的问题……第三，第三……"

老王无论如何也说不出这个第三来了，他建议停止对这个问题的分析讨论。他说，不分析还好一点，越是分析，越是误导了你！

爱好

老王吃炸酱面的时候说自己最爱吃炸酱面，吃韭菜饺子的时候说自己最爱吃韭菜饺子，吃羊肉的时候说自己最爱吃羊肉，吃蹄髈的时候说自己最爱吃蹄髈。

乃问："老王兄，你到底最爱吃什么？"

老王答："爱什么吃什么，吃什么爱什么。什么都吃，什么都爱；什么都爱，什么都吃。"

赞曰："敢情！"

爱好（续一）

单位老干部处组织大家听养生保健报告，一位医学明星大讲人老了一定要有一个爱好，没有爱好就会患老年性精神空虚症，就会升高血压，减退性机能，动脉硬化，血糖血脂飙升……说得老王低头惭愧不已。

会后，老干部处处长让众离退休人员填表，说明自己的爱好。老王填不上来，但交白卷不合适，他只好胡乱填了一项"唱歌跳舞"。

老王喜爱唱歌跳舞的消息不胫而走，大家都说，人不可以貌相，老实人的坏水藏在肚子里，看老王蔫蔫的丑丑的，还喜欢唱歌跳舞。各种聚会活动中，不断有人提出让老王表演节目。老王狡辩说："朋友们，同事们，我只是喜欢说我喜欢唱歌跳舞，并不是真的喜欢唱歌跳舞，当然也不是不喜欢唱歌跳舞。即使自己还没有喜欢唱歌跳舞，也不等于真就不喜欢说自己喜欢唱歌跳舞……"

都说老王讲得深刻，有哲学、数理逻辑和语义学以及老庄道家意味，并一致建议老王将爱好改为"辩论"。

老王想想，觉得也不错，常常辩论，肯定有助于益寿延年。

爱好（续二）

老王考虑自己的爱好考虑得多了，终于想出了童年的一个爱好——听评书。

读小学的时候，每逢下学，总在家里听一会儿话匣子，听连阔如和赵英颇的评书。

后来日子过得很忙，天天总有办不完的事，他已经六十年不听评书了。

于是他开始听起电视里广播里的评书节目来了，挺好，当然还是不如上小学的时候听着好。

他又想起了许多小时候的爱好：养蛐蛐，斗蛐蛐，弹球，做弹弓子，上树，抛石头子，吃芸豆，喝酸梅汤，拿大顶，抽捻捻转儿，接老师话的下茬儿，给朋友起绰号……

还是小时候好啊。老王无比地伤感和怀旧。

盆景

老王的孩子给老王买了一盆大盆景，黄杨巨根，造型奇绝，观之超凡脱俗。孩子说此盆景价值数千元，要小心爱护。

老王的孩子动不动来电话，问询盆景情况，说是不要老浇水，不要太潮，不要太干，不要旱着，不要上肥料，不要一点肥料没有，可以上马掌，不要上马掌，不如上酸米汤，不要太晒，不要太阴，不要弄湿叶子，最好常常向小叶喷雾……

老王明白。指挥的言语永远正确，左右都说，左右逢源，左右都合适。做起来就闹不清晰了，潮和晒他都明白，但是什么叫太晒，什么叫太潮呢？什么情况下应该再潮一点，什么情况下应该再晒一番呢？

眼看着盆景渐渐凋萎，老王一会儿加水减阳光，一会儿加阳光减水，一会儿又加阳光又加水，一会儿又减阳光又减水。反正翻过来掉过去，盆景死了，干枯了。

老王仍然坚持给死盆景浇水，几千块钱的本儿呀，太可惜了。而且他幻想，有这么一天，黄杨枯根被他的锲而不舍的精神感动，重新长出叶芽来。如果死盆景长出新枝叶，那才是比任何童话还美妙呢。

谈判

老王与老伴亲历了儿子与孙子的谈判过程,觉得有趣。

子:"你怎么还不温习功课?再过两天就考试了,你知道不知道?"

孙:"我都会了。我再玩一会儿就温习。"

子:"都会了?说,你这次能考多少分?"

孙:"九十一。"

子:"九十一?没门儿。这次你只要是考在九十五分以下,这个学期你就甭想摸电脑(游戏)啦!"

孙:"那我考九十三还不成吗?妈妈说过,考九十三以上就能玩电脑。"

子:"你就甭提你妈妈了。你妈妈出差上美国了。你知道不知道,这次的考试标准我说了算,九十五分,差零点一分也不行。九十四点九九,你就一学期甭玩电脑,电视也不许看。"

孙:"那老师出作文题是《记一次看电视节目的收获》,怎么办?"

子:"反正不够九十五分,看电视也不许看动画片,不许看儿童节目,只能看教育台、科技台与新闻台,一礼拜二十分钟,最多二十分钟!"

孙:"行了行了,我保证考九十二分以上行不行?"

子："什么态度？你这是砍价儿哪？你这是给我考吗？有你废话的时间你多温多少功课！"

孙（激动）："我保证考九十三分，就九十三分，要不我不学了，我退学算了……"

子（激动）："九十四分！我告诉你，我要是再降低要求，我再也不算你爸爸啦！"

孙子冷笑，没有再说什么，也没有拿起书本。

儿子补充说："如果你这次考试成绩超过了九十七点五分，没说的，大礼，二四自行车咱们换新的。"

"真的？"孙子惊喜地问。

"我什么时候骗过你？爸爸能够骗儿子吗？"

后来回到自己家以后，老王说："我当时想说，考九十七点五分以上，他爸爸给买新自行车，九十七点五分以下，爷爷给他买不就得了！话到嘴边了，没敢说。"

老王的老伴说："你说他们俩达成协议了吗？如果达成了协议，这个协议能够执行吗？"

悲惨的童年

周末，老王到女儿家去，晚饭后照例是八岁的外孙的功课：吹萨克斯管。

开始，女儿想把孩子培养成肖邦，至少也要培养成赖斯，据说美国前国务卿赖斯的钢琴弹得很好。再说，女儿爱唱的流行歌曲《老鼠爱大米》客观上有向赖斯表示友好的战略性含义，因为赖斯在汉语里当作"大米"解。

后来，学钢琴未果，又给孩子报名参加了管乐队。老王说，在乐团，吹管乐是要发营养补助费的，这证明儿童不适合学管乐。

女儿示意父亲不要废话，不要干扰她对于孩子成才的长远部署。

孩子做了一天的功课，有点疲劳，还有点咳嗽，又惦记着饭后玩一会儿电脑游戏，吹得有些心不在焉——许多父母的育儿壮志都是毁坏在电脑游戏软件手里的。

于是孩子的管子吹得忽快忽慢，断断续续，忽高忽低，呜呜咽咽，找不着调，更没有节奏。而女儿家养的一只比格狗，随着萨克斯管的动静，伸直了脖子，跟着惨叫。老王感觉就像听到人与狗的同声哭泣一样。

于是女儿训斥孩子吹得不好，并声言，由于吹得没有进步，再加吹五遍。于是孩子无边无沿地继续吹下去，狗

悲惨的童年

也声声断断地哭下去。

老王感动得几近落泪。他伤感地说:"我相信,这支曲子的名字一定是《悲惨的童年》。"

女儿大惊,说不是呀,这首曲子的名字是《好日子》!

老王也没有想到,他很不好意思,他觉得自己鉴赏乐曲的能力实在是太差了。

儿语

老王坐着女婿开的车到一个地方去,路上女儿与女婿为一件小事争执起来,女婿说了一句不好听的话,女儿不高兴了,要求停车,马上要下车罢坐。

老王不知道说什么好。

这时老王的只有六岁的外孙对女儿说:"爸爸太急了,太不好了,可是爸爸也有优点,就是他的手机上的游戏呀,超级玛丽呀,合金弹头呀,手枪对射呀……特别好玩。妈妈您特别好,也特别讲理,可是您也有缺点,您的手机上的游戏呀,打飞机呀,打气球呀……实在太没劲啦!我就爱爸爸的手机,不爱妈妈的手机!"

老王想,这是说什么哪,太不合逻辑了。

孩子的不合逻辑的话使女儿笑了,一场危机也就过去了。

老王想到了最近学到的新名词——"解构主义",莫非,小儿都是天生的解构大师吗?莫非不合逻辑是天才与人性的飞扬吗?

形状

老王带回一只兔子,妻子不让养,他就把兔子养在鞋盒里。鞋盒前后各挖一个洞,从前洞喂蔬菜,从后洞清除屎尿。过了好多天,他打开盒盖一看,兔子长成长方形的了。

寒鸦

人家送了老王一张唱碟,是琵琶曲《寒鸦戏水》。

老王听着挺好听,就是常常在欣赏音乐的时候忘记了那是描写冬天的乌鸦在河(湖?小水洼?)上嬉戏。

他提醒自己,这个乐曲的主题是寒鸦戏水,是表现生命的活泼、趣味、不怕冷呀什么的;通过这首曲子的欣赏还可以增进对民族音乐特色的认识,和对好些事的认识。

而他听起音乐来,也就把这些提醒都忘了,往往忘记了一切,包括作曲家简历、时代背景、创作意图、流传过程、风格特色、主题思想,等等。除了好听之外,他没有任何分析,没有任何认识,没有任何心得,干脆说,没有什么思想。他是什么也说不出来。他感动得流泪了。于是老王自己对自己恼羞成怒:为什么是寒鸦呢?是小鸡就不行吗?小狗呢?小孩呢?老天真老顽童呢?纸片呢?皮球呢?炊烟呢?落叶呢?拿着钢笔乱画呢?跳绳呢?短跑呢?一个男的追一个女的,终于追上了,两人吻在一堆了呢?满地打滚呢?或者,更正确地说,嘛也没有呢?

老王惭愧得要命,真是"乐盲"呀。

一圈

老王的孙子参加小学生运动会的五百米赛跑,得了第四名,拿着奖状回了家。

老王从不知道孙子善跑,大喜,说是当天晚上请孙子去吃必胜客。孙子面有愠色,把奖状一扔,不说话。最后孙子说:"我跑得不好,比其他选手慢了一圈。在少跑了一圈的情况下,我是第四个冲线的。说我是第四名,多丢人呀!"

老王说:"你跟老师讲一讲嘛。"

孙子说:"我讲了,他们不听,裁判和巡边员都说没有少跑,他们还批评我不维护本校的荣誉,我怎么办呢?"

老王觉得离奇,他给学校和教育局的人打电话说及此事,大家都劝他不必多事,人们说:"肯定是孙子错了,他一个小孩子,知道什么!"

一圈

考问

老王的孙子问老王:"爷爷,你整天写些什么呢?"

老王说:"我在写信呀。"

孙子问:"写信干什么?"

老王说:"把一些事儿告诉别人。"

孙子问:"干吗要把事儿告诉别人呢?"

老王说:"有些想法想让别人知道,想让别人理解,想让别人同情。"

孙子问:"干吗要让人知道让人理解让人同情呢?"

老王说:"谁也不知道你不理解你不同情你,你会觉得很闷得慌的呀。"

孙子问:"那您干吗闷得慌呀?"

老王说:"一个人,不闷得慌吗?"

孙子问:"干吗说是一个人呀?到处都有人哪。"

老王说:"虽说到处都是人,可他们与我关心的不是一码事儿啊。"

孙子问:"干吗要跟您关心一样的事儿呢?"

老王想,孙子大概是新学会了"干吗"一词,拿着它练造句呢。

反问

于是老王反问孙子:"那你干吗老问我干吗呢?"

孙子说:"我不问您干吗,您让我干吗呢?"

老王兴奋起来了,他说:"是啊,你不让我写信,又让我干吗呢?"

孙子胸有成竹,他说:"跟我去玩踢皮球呀。"

老王觉悟了,其实孙子诘问的目的是很明确的,孙子需要一个老头与他一起玩皮球。而等到没有皮球玩或者玩皮球累了的时候,老王就可以回到人五人六的世界里,与自己的好友探讨人生、宇宙的终极问题去了。

数数

老王教自己的最小的孙子学数数,老王说:"一二三,三二一,一二三四五六七。"

孙子说:"一二七,七二七,三八二四五六七。"

老王哈哈大笑,他强调说:"是一二三,三二一,一二三四五六七。"

孙子说:"知道了,是七二一,三二七,七七七七七七。"

老王笑得腰痛,他喝道:"怎么搞的,这么笨!记住,一二三,三二一,一二三四五六七。"

孙子也笑成一团,喊道:"一一一,一一一,七一一七一七!"

老王大怒,喝道:"吉吉吉,屁屁屁,其其其其哩哩哩!"

孙子也大怒,喊道:"咪咪咪,兮兮兮,湿湿湿湿嘘嘘嘘!"

这时候一位老友来访,见到这个场面赞道:"真是天伦之乐呀!"

人性

老王的小外孙一岁半就上了幼儿园。这是一个收费高管理很好的幼儿园,老师给所有的孩子每周写一次评语,使家长了解自己孩子的在园情况。

小外孙的评语常常很好,聪明活泼啦,健康勇敢啦,文明礼貌啦,许多好词。有时老师也写一点"缺点",如吃饭有偏食的情形等。

家长很高兴,一次又一次地读对他的评语,他自己也很爱听。读了三次以后,小外孙自己提出来,请家长再读一下自己的评语。念完了"优点",刚念到"缺点",他就说:"光念好的就行了。"

全家大笑。小外孙确实为大家树起了一面镜子。

动物

冬天,老王到乡下小住。他每天都看见牛、羊、驴、骆驼、鸭、鹅、鸡、喜鹊、麻雀,等等。

牛显得有些畏缩,躲在山坡上俯首吃草,偶然发出一点声音也含含糊糊,信心不足。

羊群一副乱乱哄哄等待驱赶的自由化模样,它们从来不知道自己要到哪里去,不能到哪里去,是在向哪里去,不是在向哪里去。

驴觉得自己是男高音歌唱家吗?动不动引吭高歌,充满了阳刚之气呢。

骆驼在家养动物中体块太高大了,由于太大,就显得傻。

鸭子比较朴实亲切,眼睛向下,与大地水塘亲密无间。它们走起路像时装模特儿,但是不像时装模特儿那样矜持。

鹅当然高贵啦,它们的级别与一般动物不一样吧?

鸡太累,活一天寻食一天,活到老,寻食到老,它们祖祖辈辈饥饿得太久了,它们怎么从来不享受生活呢?

而喜鹊是怎么回事,老王始终捉摸不透。它们呼啦啦一飞一大片,成百上千,遮天蔽日,还发出庄严的叫声;然后,同样没来由地销声匿迹了,不知去向了。

老王觉得自然界很有意思,动物很有意思。

他忽然想,这些动物又会怎样看自己呢?自然界又将怎样包容人类呢?

骆驼

在各种动物中，最最令老王不能忘怀的还是骆驼。

它们高大，它们冷漠，它们伸着脖子，它们沉静而且孤独。在一片荒草上，只有两峰骆驼，从早到晚，它们二位站立在那里，没有任何交流。如果是两只狗两只猫两只鸟，不知会热闹多少呢！

老王想，骆驼是高人，是思想者，是观察者，是启示者，是一种境界，是一种象征，是意志也是智慧，是榜样更是神话。

老王想起了自幼得知的骆驼的多种优点：忠诚、刻苦、坚忍、踏实、任劳任怨，等等。

真好啊！老王感动得涕泪交加。

骆驼

骆驼（续一）

于是神问老王："那么，你愿意变成一只骆驼吗？"

"否。"老王说。——当一个骆驼，光思想不发表，光吃草不吃肉，光孤独不评职称，未必是一个好的选择。

"那么，你愿意做什么呢？我的法力可以使你成为一个歌星，一个大官，一个大款，一个花花太岁，一个黑手党党魁，等等。说吧，你想当什么？"

"我，我，我想不出来，我还当我自己算啦。"

骆驼（续二）

这天黄昏，很少发声的一峰骆驼突然发出了怪声。

这使老王十分震动，这怪声的含义何在呢？它的表象与意象，它的外象与内象，它的所指与能指，还有它的内涵与外延何在呢？

也许是意在不鸣则已，一鸣惊人？也许是意在无中生有，有生于无？也许是意在人不可貌相，骆驼不可斗量？也许是预报地震、洪水、邪教、豆腐渣桥梁、贩毒集团、新型艾滋病原？

也许是号召、挑战、警世、醍醐灌顶、当头棒喝、一针见血、横扫千军如卷席？或是作秀、炒作、争宠、欺世、玩一把、装腔作势、气急败坏、黔驴技穷？

生物学家的解释又未免太简单太粗鄙了，老王不相信，死也不相信：一个沉默孤独高大深思的骆驼突然怪叫一声仅仅是因为发情？

叭

老王的孙儿遇到不想说的或者不知道说什么好的话题，就搪塞地说一声"叭"！比如你问他吃不吃巧克力呀，喝不喝果珍水呀，他会给以回答，但如果问他幼儿园好不好呀，喜欢爸爸还是喜欢妈妈呀，他就不怀好意地说一声"叭"。看到你困惑的样子，他哈哈大笑。

后来幼儿园的老师教他们背唐诗，他遇到背不下来时，也会说"叭"。如他说"海内存知己，天涯若叭叭"，其真实含义就是他忘了"比邻"一词。

老王觉得可笑，便与孙子闹了起来，他朗诵道："春眠不觉叭，处处闻啼叭。夜来风雨叭，花落知多叭！"

又道："白日依山叭，黄河入海叭。欲穷千里叭，更上一层叭！"

孙子笑成一团，跟着大喊大叫，于是紧接着就是："少小离家老大叭，光阴未改鬓毛叭。儿童相见不相叭，笑问客从何处叭！""爆竹声中一岁叭，春风送暖入屠叭……"

孙子笑得满地打滚，一边笑一边喊着"叭叭叭"，他们从来没有这样快活过。

接下来成了强迫观念，老王想要以"叭"体修改所有的文句，他想道："学而时叭之，不亦叭乎？有朋自远方叭，不亦乐叭？""非叭勿视，非礼勿叭，非礼叭言，叭叭叭叭！""二十世纪叭叭，新千年叭叭，一定要叭叭，我们要叭叭，英格历史叭叭，佛朗西叭叭，阿里噶多叭叭，足球排球叭叭，叭叭们，向叭叭呀！"

一连好几天他脑子里只剩下了"叭叭叭"。

学话

老王的孙子学说话时常常创造一些与众不同的说法，例如他把妈妈叫作"姐妈"，管爸爸叫作"大头"，管马匹叫作"啊唔"，管火车叫作"呜喟"，管牛奶叫作"白白"，管苹果叫作"胖胖"等。一时全家都随着改了说话的习惯，全家老小都一致把妈妈叫起"姐妈"，把爸爸叫起"大头"，把马叫起"啊唔"，把火车叫起"呜喟"……来。他们以孙子的语言为语言，感到了说话中的新意或创意，讲得兴致勃勃，心花怒放。

不久孙子上了幼儿园，从老师那边学说话，所有的"错误"都得到了纠正，管妈妈就叫妈妈，管爸爸就叫爸爸，管马就叫马，管火车就叫火车，管牛奶就叫牛奶，管苹果就叫苹果……管什么就叫什么了。

孙子健康地成长着，老王觉得失落并且兴味索然了。

剧情

老王的一位好友的孙子 L 成了著名的电视连续剧的编剧，收入不菲，引起了许多羡慕。老王的大孙子虽然只上到初中，也燃起了尝试编剧工作的欲望。

老王虽然不信孙子能写剧本，但出于让孩子多见见世面的动机，经过老王的介绍，大孙子与著名编剧 L 相识了。不久，大孙子把自己的剧情梗概写了出来，老王拿过来看了看：

《香肠与屎橛传奇》（四十集）。

某地生产一种特殊香肠，令全世界羡慕。为此，我们国人最不喜欢的 X 国派了一个商业间谍前来，埋伏得很深。

有七个大腕——四男三女，争夺香肠的秘密技术与设备。

四男三女有复杂的感情关系。四男是 ABCD，三女是 XYZ。他们的感情关系是从 AX、BY、CZ 相好开始，轮空者 D 乃追 X 与 A 成为情敌，再追 Y 与 B 成为情敌，再追 Z 与 C 成为情敌。

又一轮达到了新的感情格局：DX、AY、BZ 相好似成定局。于是轮空的 C 开始与 D 争夺 X，与 A 争夺 Y，与 B 争夺 Z……如此这般，高潮迭起，山重水复疑无路，柳暗花明又一情，出人意表，每人都痛爱一遍，每人不管爱谁都爱得死去活来，动人心魄，催人泪下。

剧情

而爱的核心是香肠，盖XYZ三位靓女也知道了香肠技术的重要性、功利性与超功利性。因为香肠里充满了肠文化与历史积淀，充满沧桑感、神秘感与哲理感。

争夺与爱情的结合，香肠与哲理的结合：一波未平，一波又起，上纲上线，高屋建瓴。

真假香肠之争。

X国间谍偷走了香肠技术，结果，造出来的是一根屎橛。

屎橛引起了暴力冲突，枪声大作，奇门遁甲，拳击、太极、花拳绣腿，坏人纷纷嗝儿屁着凉。

……

共四十集，已经被认购。

老王读后晕死过去了。孙子掐紧爷爷的人中，终于把老王救了过来。孙子并告诉爷爷，他的掐人中，就是从电视连续剧上学来的。

赢家

老王的大孙子是象棋棋手。说起来还跟老王的培训有关。孙子自打两三岁上就跟爷爷下象棋,起初下不过时,哇的一声就哭。爷爷心疼孙子,所以年幼的孙子在跟爷爷下棋时,是无疑的常胜将军。

十五年以后,孙子还要跟爷爷下象棋,好心的爷爷还是以当年的心情,时时注意让着孙子一点,该支士的时候偏偏飞象,该跳马的时候偏偏拱卒。但不论爷爷怎样想方设法输给孙子,最后还是回回赢棋。

老王的眼睛湿润了。

命题

老王的外孙女依依是初中一年级的学生了。依依是个乖孩子，在校是个三好生。她很喜欢作文，只要有命题，老师在黑板上写出校园、秋天、我的家庭、一次春游等，无论是什么题，都难不倒她，回回依依都会写出非常漂亮的文章，并得到高分。

有一天的作文课上，老师在黑板上写道：今日不命题。

依依冥思苦想，她写了一个故事：由于老师不命题，一部分学生无法命笔作文，另一部分学生干脆将背诵好了的范文写在纸上。

名实

老王的侄女思琴，养了一只白色的小京巴，取名查里。每天早晨七点，查里用它的前爪轻轻地敲打思琴的小腿叫早。思琴早出晚归，进家门后，查里会立起两只前腿向思琴作揖、请安。查里太可爱了，思琴爱狗达到极致。

天有不测风云，一天思琴下班回来找不到查里了。她哭了一天一夜，食之无味，夜宿无眠。

数月后，她遇见了一位男友叫大鹏。两人一见钟情，心心相印。大鹏勇敢地追求了她，思琴也动了心。思琴只是提出来：大鹏，你能改名吗，叫查里？男友会心地笑了，大声地欢呼：行，我叫查里。查里！天空中回荡着查里的呼喊声。

老王后来听说了这件事，霎时间，脸上出现了缺氧的表情。

剪影

老王的大侄女思芬,自幼喜爱游泳,年年夏天都要去海滨。在去海滨的路边有一处,常常围观很多人,那是做那种所谓二十秒钟一个剪影的。年年思芬都要挤进圈内做剪影。还不错,活灵活现,有那么点意思。

思芬珍惜地把它们压在玻璃板下,连续有二十幅了。没事儿她就欣赏自己的剪影。她做了一些精美的硬纸托,剪出椭圆形、心形、花瓶形和梯形的空白,把剪影镶在里边。她用电脑放大了她二十一岁那年做的剪影,挂在客厅里,来客见到了,都啧啧夸赞不已。

她在三十九岁这一年又来到这里,在围观人群的外围转了几个圈,便远远地离去了。

现在,她快要到四十九岁了,老王多事而且穷极无聊,给她打了一个电话,劝她不要把剪影全部毁掉。

蛇

老王与太太到乡间散步,老王蓦地喊道:"蛇!"

"什么呀,一惊一乍的,哪儿有蛇,我怎么看不见?"

"就是这儿呀,对,路边,左边,草棵子里,对,你看,蛇溜走了……蛇是有灵性的动物,中国文化认为蛇是谪仙呀……噢,对不起,蛇兄,在下惊动您老人家喽!"

"别那么装疯卖傻的,都这么大的人啦……"

……

"蛇!路边,右边……"

"别叫了,我看见了,这回倒是真的了,这回是真有一条蛇了。然而,我告诉你,上回的蛇是假的!"

"唉,没有办法,我说什么你都不信,上回我说有蝎子,你不信,差一点把你给蜇了!我对你讲吧,这条蛇你不是承认看见了吗?……"

"什么叫承认看见了?看见了就是看见了,没有看见就是没有看见!"

"我强调的是,这就是刚才在路的左边看到的那一条蛇,刚才在左边,现在跑到右边来了。我看得清清楚楚,连它抬头的样子都和刚才在路左边的时候一模一样。"

回程中,老王太太走到老王最初宣布发现了蛇的地方,认真查找。"哈哈,你这双眼睛!看啊,这哪里是什么蛇,这里有一条破烂腰带,被你这副瞎目觑眼给看成蛇了!"

"我求求你,别瞎说好不好,我的矫正视力左眼是一点二,右眼是一点五。噢,我说哪儿有蛇就老有蛇呀,那是死蛇吗?是标本吗?刚才路右边你不是已经承认看到了吗?干吗那么嘴硬,非说这儿没有蛇呢?"

喜鹊

老王饭后在小区散步，一连几个晚上都有一只喜鹊向他飞来，喳喳叫着，向一株老杨树冠飞去。老王心中甚喜，好兆头。

那天晚上回到房间，果然，接到了失散多年的当年最要好的老同学的信，随信还寄来了江南新茶。

老同学说最近要到北京来，要与老王一家见面，等等。

几天后，喜鹊不见了，又等了几天，还是没见着。

老王不知道怎么回事。

几个月过去了，老同学没有来。老王去信，没有回音；再去信，还是没有回音；老王按当初的地址寄去了一筒银耳，以为回报，仍然没有回音。

也许那个老同学是单身？突然逝世了？

不久却在报纸上见到她参加社会活动的消息。看来她混得还挺有成色。

老王不知道是怎么回事。

后来，散步的时候看到了一只蜻蜓。后来，蜻蜓不见了，老王不知道是怎么回事。

后来，看见一只小燕子。后来，燕子不见了。

后来，见到并听到了一只黄鹂的鸣叫。后来，黄鹂也不见了。

许多的鸟、虫、人，曾经令他欣喜，令他产生美好的感觉，后来都没有了。

老王不知道是怎么回事，或者是什么事都没有。

三次

老王养了一只猫,这只猫有点缺少教养(谁应该给猫以教养呢,老王倒是没有想过),大便极臭,小便随地,偷吃鱼腥,抓坏沙发等。

每次猫犯了错误,老王都苦口婆心地对之进行教育,比教育儿孙还耐心而且雄辩。

他教育了三次未见效果,乃不得不实行体罚:左手揪着猫的脖子,右手打嘴巴。无情惩罚了三次,未见效果。

老王不得不狠下心来,吊销猫的居留权,将其驱逐出境。

他把它放在超市的购物袋中,骑自行车三公里,抛之于近郊区。

一周后,猫回来了。

再驱逐。骑自行车二十六公里,抵远郊山区,抛之。

一个月后,猫回来了。

第三次,干脆托人将猫带到天津,出了本市界上百公里。老王遥祝坏猫自由的新生活万事顺遂。

三个月后,猫又回来了。

老王惧,称猫为"我的大爷",谨事之。

三次

祝福

老王带着孙子参加一位朋友的孩子的婚礼,事先反复对孙子进行培训,见了新郎新娘要说:"祝你们白头到老!"于是孙儿反复练习,"祝你们白头到老"云云,已经达到了倒背如流的程度。

到了婚礼上,花团锦簇,宾客如云,贺礼如山,汽车如海。人们还踩烂了一大堆彩色气球听响,因为这座城市早已先进到禁放爆竹的地步了。然后是敲锣打鼓,彩绸乱舞,管弦齐鸣,掌声如雷。

小孩子没见过世面,吓得见到一对新人不知道说什么好了。

老王提词儿:"快说,快说,祝你们白……"

孙儿想起来了,连说:"拜拜,拜拜!"

大家哄堂大笑,婚礼的气氛达到了高潮。

辞海

老王身边放着一部《辞海》，遇到疑词就查一查。

小孙子问："爷爷，您这是看什么书呀？"

老王回答："这是《辞海》。"

"什么叫《辞海》呀？《辞海》是什么书呢？"孙子又问。

"噢，《辞海》是字典类的书。"

"那么，什么叫字典类的书呢？"

"这么说吧，"老王想方设法地为孙子解释，"你有不认识的字儿，就翻开这部书来查。"

"哎哟，爷爷，您敢情这么多的字都不认识呀！"孙子指着厚厚的《辞海》说。

"当然。爷爷学习得不好，就有好多字不认识。"老王点头，心里一下子踏实了。

黄鸟

每到春季,老王最爱听黄鸟的叫声。人们说,黄鸟就是杜甫诗句"两个黄鹂鸣翠柳"中的黄鹂,叫起来曲折有致。家乡人说它们叫的是"光棍好苦",城市人说是"光棍打醋","好苦"与"打醋"虽然有别,其为光棍则无疑义。

又,这是不是一些人所说的"布谷鸟"呢?那么它的鸣声应该解读为:"布谷布谷,光阴莫误……"

这年盛夏,老王到郊区去,忽然听到了黄鸟的啼鸣:"好苦打醋,布谷布谷。"

这是怎么回事?夏至已经过去了一个月,正是初伏时节,怎么这只黄鹂还在过着光棍的生活?不错,杜甫也知道,黄鹂重爱情,鸣翠柳也是两个(当然是一雌一雄)双双鸣叫,不会是单拨儿黄鹂鸣翠柳,两行白鹭上青天。

想起有那么一只大龄黄鹂,直到初伏了还没有找到对象,还在那儿好苦打醋地乱啼,老王好不惨然。

过了些日子,再也听不见这只黄鸟鸣叫了,是终成良缘,比翼齐飞去了?是不堪寂寞,自寻短见去了?是为了爱情的美梦跋山涉水,远走他乡?还是碰到人类宵小,一枪毙命,魂归奈何天也?

老王难以释然。

黄鸟

大雪

老王读了一篇散文,是盼望下雪的意思,老王觉得写得很好。他也叹息,想当初冬季要下多少雪,堆雪人呀打雪仗呀各人自扫门前雪呀上房扫雪呀在雪地里打滚呀高歌千里冰封万里雪飘呀……有多浪漫!

现在,随着地球变暖啦,厄尔尼诺啦,想看到几片六角形的雪花都那么难。莫非我们最后会生活在一个无雪的地球上?老王一想,不寒而栗……

这年春节老王回了一趟农村的老家,赶上了大雪,深一脚浅一脚,亲友都怕老王与老伴滑倒摔倒,神经闹得挺紧张。

由于大雪,回程的高速公路封了道,老王不得不多住了两天,诸多不便。他每天打电话询问天气,只盼着雪快停快化,道路快通。

后来费了不少周折,好容易才回到城市的家。老王心有余悸,如果大雪再下几天,还真够呛。

又过了些日子,老王收到了家乡人寄来的他们在农村拍的照片,瑞雪丰年,水银世界,辽阔田野,透明空气,树挂冰枝,白玉房顶,太美丽了,太神奇了。

老王庆幸,真是天作之美,让他与老伴在农村赶上了一场大雪。

有了这场大雪,他重新得到了童年的感觉、故乡的感觉、田野的感觉、诗与歌的感觉、生命的感觉、宇宙的感觉和大自然的感觉。雪静静地飘落在北方的田野……他几乎写出一首诗来。

不理

老王到乡下自己的一个堂妹家去,堂妹说:"这边有一只野狗,为害四方,动不动就偷鸡吃。"

老王说:"不要理它。"

过了两天,堂妹说:"可了不得了,野狗不但偷鸡,而且咬了我们的羊了。"

老王说:"不要理它。"

又过了几天,堂妹说:"坏了,昨晚野狗进了房间,把许多家具都冲撞坏了。"

老王说:"不要理它。"

堂妹说:"你什么都不管,什么都不会说,就会一句'不要理它'。"

老王说:"不要理它。"

这天,老王与堂妹在田间走,突然,一只野狗飞奔而来,张开大口要咬堂妹,堂妹吓得大叫。老王飞起一脚,正踢到野狗腹部,野狗惨叫一声,落荒而逃。

老王搀起吓倒了的堂妹,说道:"不要理它。"

杜鹃花

快过春节了,客人们先后给老王送来了五盆杜鹃花。

头两年,老王家里的杜鹃花都长得很不好,别人家的花常开两三个月,而老王家的花,一个多星期过后,便枯萎凋谢了。

老王十分注意要把今年的杜鹃花养好,便到处请教养花的要领,探讨自己养花失败的原因。有人指出老王是水浇多了,有人指出是水少了;有人指出是没有施肥,有人指出是肥料太多;有人指出关键在于通风,有人指出关键在于花盆,在于向阳,在于土团,在于品种等。

老王便对五盆花做了不同的处理:一盆多浇,一盆次之,一盆更次之,一盆少浇,一盆不浇;施肥、通风、日照等也一律如此。老王决心摸索出养杜鹃的规律。

处理不同,命运并无两样,十天后,五盆花开始枯萎、凋谢。养杜鹃花仍然以失败而告终。

景泰蓝

老王这天突然发现,他最喜爱的一组景泰蓝小猫丢失了。

他问太太,太太说没有见过。太太还批评老王向来放什么东西都没有规律,没有秩序,没有安排,不丢东西才怪。

他问女儿,女儿火了:什么,难道我会不言语就拿走你的东西吗?我是那样的人吗?你是不是我的亲父亲呢?

他问儿子,儿子正在为公司里的生意赔本而焦心,儿子说:我有那个闲心玩小玩意儿就好了。

他问保姆,保姆申明没有看见过。

他用了许多时间,问了许多人,搜了许多地方。他找不到他最喜爱的景泰蓝小猫了。

人为什么需要景泰蓝玩意儿呢?那东西不能吃也不能喝,不能穿也没有药效。世上有景泰蓝原来就是为了丢失的呀!能够丢失,丢失了让你心痛,这不就是用场吗?

口误

老王最近常有口误。招呼老伴上电梯，他说："还不快进冰箱？"请来客吃饺子，他说："过年嘛，北方人还是要吃粽子。"给朋友打电话问候健康，他把"最近身体还好吧"说成"最近身体还小吧"。他还把喝点香片（茶）说成喝香油，把开门七件事柴米油盐酱醋茶说成开门七个人柴美牛年讲错了话，把感谢科长说成感谢巴掌等。

老王的儿子说是要编一本老王的口误语录，并给老王重述了一遍他的口误。儿子的话有点夸张，使老王觉得很有趣味。

他说："真不容易呀，一辈子，我还从来没有过这么精彩这么绝妙的言语呢，有了这本《口误集》，也算是立言有成啦。"

添翼

老王闲来无事练习画画。他喜欢画老虎。他对家人与朋友说:"我一辈子窝窝囊囊,老了老了画画老虎,威风威风,也算是一种补偿吧。"他又说:"下辈子托生,我就要当一只老虎了,多了不敢说,至少要吃一个坏人,吓跑一批坏人。"

一位朋友向他引用"如虎添翼"的成语,建议他给老虎画上翅膀。老王从来都是从善如流的,于是给老虎添翅膀。添来添去,怎么也不像,翅膀画出来了,飞虎的样子却像一团肥肉,老虎的利爪、雄尾以及全身的威风反而不见了。

他开始画飞马,由于早就有这样的马带双翅的形象,画出来觉得效果不错,但一想马都是供人役使的,便停止了画马。

他又给蛇、兔子、狐狸、鱼画翅膀,都失败了。

他改而画苍蝇、蚊子、屎壳郎、蛾子,给这些东西画上翅膀倒是很合适,但不管翅膀怎样好,它们仍然是上不了台面。画了半天,老王更觉得窝囊了。

添翼

购物

老王常常奉老伴之命出去购物,可惜的是近日常常买错。

夫人本来让买山药,他买成了土豆;夫人让买五号电池,他买成了七号;夫人让买酱油,他买成了白醋;夫人让买纽扣,他买成了曲别针。

儿子说老王:"您这不是购物,您这是购误!"

老王反问:"既然如此,为什么还老是让我去购物?"

儿子说:"不让您去让谁去呢?我那么忙,妈妈的腿脚又不大好。"

老王面露愠色,儿子赶紧安慰他说:"别人去买东西,不过是照单采购罢了,只有您去买,每次都能给家人带来意外的惊喜。"

老王觉得儿子说得有理,便照旧购物购误不已,益寿延年,心旷神怡。

他心想,人要是一点错误不犯,这个世界将会变得多么枯燥哇。

手杖

老王每到名山旅行一次，就会买一根手杖。游完名山，就把手杖带回家。下次出门，却不会想起来带这根手杖，到了山脚下便再买一根。

老王叹息，手杖对于他的登山，已经是不可或缺的了。

开始，手杖堆在家里，时时唤起登泰山而小天下，游名山而超脱红尘，曾穷千里目，一览众山小的回忆。时间长了渐渐觉得手杖占地方，挡路别腿，便顺手收拾了起来。

近来老王得了怪病，常常走路不便，便想起了手杖，再找，一根手杖也找不着了。

老王着急，不知道抱怨什么好，便叹："少壮不努力，老大徒伤悲！"

老伴大笑，说："你这是说什么呀，文不对题，词不达意！"

老王改叹道："平时不烧香，临时抱佛脚！"

说完了自己摇摇头，觉得还是词不达意。

他胡诌道："宁可备而不战，不可战而不备。"

他感到自己太贫乏了，连"不用的时候挡着腿，用的时候找不出"这样一个感觉都表达不出来。

手杖（又一）

老王近年来常游名山，每到一处攀登前就买一根手杖，有野藤的，有橡木的；有枣木的疙里疙瘩，有核桃木的油光平顺；有龙头拐杖，有蛇尾木杖；有的轻，有的重；有的古朴，有的时髦；有的坚硬不屈，有的柔韧随和；有贵的，一根手杖价格超过百元，有贱的，一根手杖砍砍价花上十块八块也就行了。每次买手杖的时候他都想：唉，家里积存的手杖也太多了，下次出门旅行之前一定准备好手杖带上，何必再多买一根呢！而每回出门以后总会发现：又忘了带手杖了。

这样，老王家的手杖愈来愈多，堆在一起占老大的地方。

朋友来老王家，看到这么多手杖，十分惊奇。老王解释说自己健忘，每次登山都要买新手杖；另外说，山没法搬到家来，但可以把名山上出的树木制作的手杖带回家来，倒也不坏。

不知怎的，老王喜爱手杖之说从此传开。张三多年不见，前来看望时带来一根手杖；李四有事相求，来访时带来另一根佳杖；人事科长春节来送温暖带来一根巨杖；红领巾社区内部学雷锋，前来慰问老人时带一根木杖……

最后搞得电视台记者也来采访，把老王定性为手杖收藏家，把收藏定位为全面奔小康的气象之一种。老王也颇感欣然，在电视节目中频频曝光。只是老友们反映，见了老王的特写镜头，深感他苍老得厉害，留言要他多多保重云云。

成 功

终于,老王成功了,他在电脑游戏的飞车比赛中获得了冠军。

从此,他意兴索然,而且发现了游戏软盘的诸多缺点,那根本算不得软盘,而只能算是白痴设计的骗局。再说那软盘卖得太贵了,几十元一个的软盘,他只玩了二十天就不再玩了。想到智力体力基本正常的自己,竟然花了那么多时间去玩这种弱智者的游戏,他痛悔不已。

终于,他明白了,即使是虚拟的成功,滋味也很不怎么样,如果是真实的成功呢?天啊,他如果在真实的飞车比赛中得了冠军,他只有自杀一条路啦。

挂钟

老王要出一趟远门,一年后才回来,走前他关闭了煤气、水、电的总闸,关闭了所有的窗户。

同时老王给所有的电子钟表换上了新电池,校正了所有钟表的钟点。

太太说,别浪费电池了,干脆把电池取出来,让钟表也休息一下吧。

老王说,正因为咱们出远门,钟表才不能停摆,钟表必须正常地正确地行走、打点,才能让人放心啊。

太太说,也行,还不是现在生活好了,也不在乎浪费不浪费啦。

梦狗

老王梦里看到了街角上的一只小狗。

小狗很可怜,白色的皮毛由于肮脏变成了灰黑色,骨瘦如柴,哆里哆嗦,喉咙里发出哀鸣的声音。老王想把它抱起来,又怕狗其实是有主人的。老王想随手给它一点食物,可周围实在找不到任何卖食物的商店商亭。老王想不管它径自前行,但是他分明听到了狗的哭声,狗边哭边用狗语说道:"王爷爷,王爷爷……"

人皆有不忍之心,尤其是老王,如果没有不忍之心,他早就大富大贵了。于是他抱起了小狗,就在这个时候,狗咬断了他左手的动脉。

他醒来了,心怦怦然。他想了好久,想起了自幼无数次听到过的中山狼的故事和农夫与蛇的故事以及痛打落水狗的教导,这些故事教育他不要有不忍之心,不要怜悯蛇一样狼一样的恶人。

老王苦思良久,他想被狼咬了也罢,被蛇咬了也罢,被癞皮狗咬了也罢,他还是会救助它们。他希望作家们也写一点救助而不是不救助的故事,这样这个世界才会变得像个人的世界吧。

梦狗

小巷

老王小时候在××镇住过三年,此后到了北京,再也没有回过××镇。老了老了,难免怀旧,想多回忆温习一下自己的存在历程,为自己算不上充实的一生寻找点见证,于是他特意来到了××镇。

这里形势大好,不是小好,旧貌换新颜,发生了翻天覆地的变化。只是有一个角落没怎么变,那里叫七道弯,有弯弯曲曲的小巷,有一片平房,还夹杂着有些来历的几处民居。

老王庆幸毕竟剩下了个七道弯保持着旧观,使他确实有亲切感。他在幼小时,天天上学要经过七道弯。他离开××镇以后,在睡梦里都会对每一寸道路的凸或平,每一户人家大门的新与旧,每一个拐弯处路灯的明或暗,看过来再看过去;醒来后,想过来再想过去。

他去七道弯寻找他的童年:他在那里抽过陀螺,摔过砸炮,踢过皮球,也与小朋友打过架,有一次脑袋被人打破了。

他去了这块熟悉的地方,进了第一条小巷,见到的是他梦中的房屋,只是感觉小巷窄了,这倒也合乎情理。

最主要之点是:无疑,他当真在这里生活过,他当真有过自己的童年,而这个童年也当真是一去不复返了,没有戏了。

不错,他这一辈子是真有那么一回事。

他往前走却找不到拐弯处,只能原路返回。

这里是一条死胡同。

大师

老王帮助孙子用"假使"一词造句。孙子的造句做完了,但是老王的思绪停不下来。他坚持想道:"假使我是一只鸡,我就不是一只鸭子。"没劲。"假使我是一只母鸡,我就要下蛋。"合乎情理,但是太一般,缺乏创意。"假使我是一只鸡……"怎么样呢?他娘的。"假使我是一只鸡,我就是一只鸭子。"

万岁,万岁,万万岁!索性一不做二不休,量小非君子,无毒不丈夫,舍得一身剐,敢把皇帝拉下马。"假使我是一只鸡,我就是一只鸭子!假使我是一只鸭子,我就是一只鹅!假使我是一只鹅,我就是一条花狗!假使我是一条花狗,我就是多来米发索拉西多,八二三四五九七一,我就是(英语)三块肉,(法语)灭死博古,(俄语)死怕西部,(日语)阿里噶多……天灵灵,地灵灵,来了大法要显灵……酒干倘卖无!活捉萨达姆!"

老王老了老了,发现自己变成了语言大师。

玉兰

春天到了，老王根据太太的建议到中山公园去看花。

他看到了许多老年人衣着整齐，身体健康，京剧太极，踢毽抛球，煞是愉快。

他看到了青草绿树，碧波荡漾，蓝天白云，空气新鲜，环境优美。

他看到了桃花正开，杏花正旺，榆叶梅满枝红蕾，迎春花黄艳可人。想到自己已经年逾古稀好多岁了，还要到这里来看花，不免惭愧自嘲。想到年轻人都在劳动上班干四化落实科学发展观流血流汗而自己与一帮子老人在这儿闲逛消费，深感不好意思。

虽然无地自容，却也难以了断，不宜轻举妄动。

他与老伴来到八柱兰亭景点，看到好几株大的白玉兰：有一株玉兰花正在盛开，每朵花如立起的酒杯，他觉得众人都在举杯祝酒；有一株半开半迟疑，半推半就；有一株基本只见骨朵不见花，骨朵们把自身包得紧紧的；还有一株只有顶端有一点骨朵，别处只有小小的绿叶。

人们在那里留影，也在那里分析，这是阳光的问题。靠南靠光，不受阻挡的玉兰正在盛开，万盏玉杯，齐唱春曲。躲在阴影里的玉兰，犹犹豫豫，心神不定。头顶见得着阳光，身子被一些柏树包围的玉兰，只能开头顶的几朵花儿。

一半阳光一半阴影的玉兰呢,一半开花,一半收缩躲藏。

老王心生感慨,自问道:我这一生,算是一株什么样的玉兰呢?

老伴问他为什么走神,他微微一笑。

夜间,睡梦中,他哈哈大笑。

飞牛

老王梦中骑上一头飞牛,扶摇而上九天,先进速度超过了洲际导弹。

是不是该歇会儿了呢?他才这么一想,牛不飞了,变成了一头塑在大厅里的金牛。

老王且惊且喜,心想虽说是不能乘着它飞翔了,但是一头金牛也还是了不得,值多少钱呀!只是不知道这头金牛能不能保持住。

怕什么有什么,就这么一想,金牛成木牛了。

木牛也是有讲究的呀,木牛流马嘛,那是上了《三国演义》的。

木牛又变成泥牛啦,牛身上的土渣正在脱落,牛的身形正在解构。老王想起了主席的诗:"泥牛入海无消息。"真是深刻呀!

老王终于明白了,这不过是南柯一梦。千万不要醒呀,他祷告道,醒了就什么物品也没有啦,好赖也得骑上头牛呀,我的亲妈老爷子!

飞牛

捞月

老王看到一群猴子,一个拉着一个下水池捞月亮。老王说:"亲爱的猴子朋友,你们休息休息吧。这个水池里本来没有月亮,你们捞它纯粹是白费力气。再说,你们这样做是很危险的,掉到水池里怎么办?停止这徒劳的冒险吧,去树上多摘一些桃子吃好不好?"猴子不理他。

老王指着天上的明月,苦口婆心地劝告猴儿们:"快看,天上的月亮好着呢,你们何必多此一举,水中捞月呢?"猴子仍然不理他,照捞不误。它们一个抓着一个,像是荡秋千,又像是练体操,吱吱叫个不住。时而有猴子落下水去,便有别的水性好的猴子跳水救猴。而年老体衰的猴子也在水池边咕噜咕噜地说个不住,似乎是在鼓励众猴,想来无非是百折不挠,一定要把月亮捞出来的意思。

老王再要劝,忽然觉悟:它们捞得挺高兴,至少应该算是一项有益无损的游戏,你管它们干什么?再说,一群猴子,你不让它们捞月亮,又让它们去捞什么呢?难道让它们去证券交易所捞钞票吗?去人事部门捞个一官半职?去评委会捞个正高职称?捞这捞那,其实就属捞月最雅。

老王真想与猴子为伍,成为水中捞月的一员啊!

玉兔

老王梦见自己桌子上伏着一只玉兔。他喜欢这只玉兔,便不断地向它吹气说话抚弄亲吻。玉兔活了,三蹦两跳地走掉不见了。

醒后他极眷恋,便翻箱倒柜地找这只玉兔。找了许多天,没有找到。

老伴问老王:"你这是找什么呀?"

答:"一只玉兔。"

问:"咱们家什么时候有的玉兔呀?"

答:"是呀,是有呀,你就不用问了。"

曰:"我看你就不用找了。"

答:"我爱找。"

曰:"我告诉你吧,玉兔早就飞升到月亮上去了。"

于是惊呼:"原来如此!"

花开得早

老王一次与朋友们讨论：北方的春天，哪种花开得最早？

有说是迎春的，说什么天寒地冻的时候花儿就盛开了。

有说是玉兰的，说是不信你看天安门的红墙前，已经有多少洁白的玉兰绽放？

有说是杏花的，说是郊区最早开放的是杏花，延庆县年年举办杏花节呢。

老王很感慨，已经是他的第七十四个春天了，他竟然还不知道这里最早开的是什么花呢。

春花秋月何时了，哪个开得早？小楼昨夜又东风，唯愿沙尘不到此城中……

哪个花先开？哪个花先开？带着这个问题迎来与度过他的第七十四个春天，这是多么幸福啊！

柿子

老王家种植了一株柿子树,数年后柿子开始结果,又数年后柿子丰收。老王与孩子小心翼翼地上房上树摘柿子,觉得很快乐。最后剩了几枚挂在树梢上的大柿子,无论如何也够不着了,只好放弃。挂在树梢上的柿子一天比一天红艳,它们又大又美。

老王学习农民的办法,绑了一根竹竿,想办法够柿子,终于还是失败了。

由于丰收,今年的柿子吃不完,老王送了许多柿子给亲戚朋友。但他还是想念树梢上的柿子,耿耿于怀。每当风起,他都揪着心。听到熟透了的大红柿子落在地上,砰然有声,他非常伤心。最后只剩下一枚柿子了,挂在树尖上,像一个小灯笼。

他相信,这是最好的一枚柿子。他等着这枚柿子落地,等了好久。

入冬了,柿子仍然挂在树上。

起风了,柿子仍然挂在树上。

落雪了,柿子仍然挂在树上。

老王想,这真是造化的奇迹呀。

几天没有注意,老王忽然发现柿子没了。他问家人,问邻居,谁也不知道柿子怎么消失的。

柿子

又过了几天，老王发现柿子又有了，仔细看，又没了。他仍然相信那里有一枚最红最甜最漂亮的柿子，你永远够不着，落地无声，寻之无迹，梦中有影，食之无着。

榴梿片

老王的孙子到家里来，找了一包烤片，大吃起来。老王也去奉陪，吃了几口，心想，这包土豆片颜色灰暗，味道全无，确实不如外国人做得好。外国飞机造得好吧，还情有可说，技术啦、成本啦、传统啦啥的，怎么连个土豆片我们都赶不上人家呢？

直到烤片已经吃掉了五分之四，老王才被家人告知，这不是土豆片，而是出产于泰国的榴梿片。然后大家纷纷谈起榴梿的臭、香、营养、"果王"的称号、东南亚国家吃榴梿的规则、一些人的榴梿癖，与各自旅游新马泰，观光巴厘岛、芭堤雅、槟榔屿等地的见闻来。

老王恍然大悟，重新细品榴梿烤片，但觉微甜淡香，香中有臭，臭中有香，雅俗共赏，雅俗互补，多么珍贵，多么奇异，多么少见啊！

老王可真是教条主义者啊，没有正名以前，他吃得味同嚼蜡，兴味索然；一旦有了名分的归属以后，他吃得悠长得趣，韵味盎然。唉，可怜啊！

风铃

这天晚上,老王睡不着觉,便欣赏起自家的两个风铃来。大风铃像是排箫,五音阶,奏出来的一会儿像是京戏,一会儿像是梆子,一会儿像是蒙古民歌,一会儿像是儿时听过的算命瞎子吹的笛子,许多"米"和"索"。老王的心酸酸的,无比地伤感。而小风铃的声音像是两个铜碗互相敲击,旧北京或北平,夏天卖果子干的都敲这个玩意儿,声音不大,传得极远。果子干是用藕片、蜜枣、杏干和柿饼加糖熬制的,冰镇了凉卖,味道销魂。现在呢,虽然有鲜榨果汁,有可乐,有冰淇淋,有奶酪,就是没有果子干了。

老王又叹道:老了老了,动辄怀旧啦,世界是你们的,也是我们的,但归根结底是他们新人类的啦。

第二天清晨,他到处找也没有找到风铃,一问,说是孩子们讨厌风铃扰人睡梦,惹人失眠,一年前就把风铃取下来,放到贮藏室里去了。

风铃（续一）

老王找遍了贮藏室，没有发现风铃。他常常想象自家的风铃悬挂在某个小小的院子里，正在迎风奏乐。风铃似乎是在劝说什么，不必着急，不用悲伤，不要自设枷锁。它试探着抚摸着老王们粗粝的灵魂。它轻轻地无缘无故地奏响了音乐，又淡淡地无故无缘地歇息下来，然后又响，又激烈起来了，接着改了调子，改了节奏……要不就把风铃摘下来吧？啊，这叫作欲行又止，欲说还休，从风中来，到空无中去。

他愈想愈心疼，慢慢掉下泪来。

他对自己的密友——一位音乐家——讲述自己想象中听风铃的故事。朋友说："唉，谁让你从小没有受过正规的音乐教育呢？如果你从小学钢琴、提琴、萨克斯管、长笛、法国号……你就不会为一对早已不存在了的风铃而落泪啦。如果你从幼儿时期就接受欧洲的音乐教育，也许你现在已经成了莫扎特、贝多芬、施特劳斯……至少也是肖斯塔科维奇啦！你应该拥有的是一支或几支交响乐队，而不是区区两个风铃！"

老王哈哈大笑，都笑出尿来了。

风铃（续二）

老王后来搬进了不错的单元楼房，朋友为庆贺他的乔迁之喜，送给了他一副苏格兰产的风铃。

风铃是有了，挂在什么地方呢？什么地方都没有风。

知道老王迷风铃成了心病，老王的老伴悄悄告诉子女，谁来了都要拨拉一下风铃，这样老王就能听到悦耳的风铃声了。

老王马上分辨出了自然风吹动了的风铃声与手拨拉的风铃声的区别：一个自然，一个生硬；一个无始无终，一个能数得过来拨拉了几下。

又有高人指点了：开开两面的窗子，有过堂风，风铃要挂在过堂风的必经之路上。

凑合吧，只是过堂风急峻了些。渐渐地，老王觉得风铃也并不好听，听风铃确实不如听维也纳新年音乐会的实况录音CD。

但他也不让把风铃摘下来，留着当摆设吧，还是苏格兰的呢。

吊灯

闺女给老王买了一盏吊灯,很好看。

老王说,灯是好,但是灯泡太多,每个泡的瓦数太大,照得也太亮。一开灯,三百六十瓦同步亮,太浪费了。

闺女笑,您这不都白内障了,左眼视力零点三,右眼视力零点三五啦,就是省电省出来的。

老王反驳女儿的话,说是某某某压根儿不省电,也得白内障加青光眼了;某某家光台灯就六个,现在干脆视网膜脱落了;某人这几年成了亿万富翁,这不,得了眼球癌了。

女儿说,不争论不争论,您要是不怕现眼就另买一个小管日光灯用吧,这架吊灯咱们就供白天观赏。

老王想想,自己这一辈子也太抠搜了,就天天看着大吊灯,满足自己的照明消费吧。

五个月后,坏了一个泡。开始,老王很愤怒,怎么这灯泡的质量这样差?后来一想,也好,先省下一个泡的电费再说。

……

如此这般,六个灯泡甏了五个啦,老王大喜,既有吊灯之美,又有节能之实。

从此,女儿要来的话,他只在白天接待,一说晚上来,老王就推脱:不行啊,我现在是天一黑就怎么怎么了……

说话快到阴历年三十了，老王觉得不好不让孩子们来，照明关难过去了。他几经考虑，决定再买两个新泡，这样维持个半明，女儿不至于太挑眼。安装成三个有效灯泡后，老王还是不放心，经过学理与现实分析之后又加了一个新泡。六分天下有其四，厥执乎中，把中庸之道与西方的黄金分割结合，不偏不倚，又偏又倚，东方西方，传统时尚，全都占上，他还是很得意的呀。

吊灯（续篇）

想不到儿女都对老王很了解，他们料事如神，过年前来的时候带上了新灯泡，不等天黑，先试吊灯，再换新泡，用全部新电灯泡与超级照明效果取代了老王的哲学思维与天才整合能力的巧妙安排。

老王笑了，撼山易，撼老王之习惯难，事在人为，还不是得听我的！

年后，老王买了一架铝合金折叠梯，爬到高处，换下了两个好泡，用坏泡代替。再一思谋，你不仁就别怨我不义，他干脆再换下两个好泡。结果是六灯亮二，把比例掉了一个个儿。于是有一种胜利感、未老感、主事感、权威感。

老伴帮他扶着梯子，这时电话响了，老伴嘱咐说："小心点，我去接电话了……"

听老伴的口气是女儿的电话，女儿好像在问爸爸在干什么，老王忙道："别提灯泡的事……"

咕咚，老王从梯子上跌到地上。苦也，我的脊椎骨断了也！

老伴救援，又叫来了保姆。老王腰背疼痛了一回，慢慢动一动，似无大碍，一分钟后，站了起来。

奇迹呀，这把年纪结结实实摔了一跤，居然没有骨折。是我的钙多吗？是由于我吃别人不吃的干酪——芝士

吊灯

或"气死"吗？是我的摔姿正确，屁股与脊背同时着地吗？是由于我一辈子积德修好吗？是由于我忠诚老实谦虚谨慎吗？是神佛保佑，贵人显灵了吗？是阴差阳错，赶上点儿了吗？

他与老伴谈了不知多少次，共同感想是从此知足常乐，感恩八方，见人鞠躬，见佛烧香，称颂天地，一心向善，再无嗔怨，再无牢骚，再无激愤，再无贪欲，再无不平。

数月后，吊灯的灯泡全部蹩掉，老王再找灯泡，却一个也找不到了：保姆根据女主人的布置，把灯泡们全扔了。那儿本来就是放坏灯泡待扔弃的地方，谁知道还有好灯泡呢！

灭蚊

老王买了一台杀蚊虫的紫光灯。他听到蚊蝇撞到灯丝上发出的电击声感到非常快慰,心想:我总有办法对付你们这些无聊的小东西啦。

入睡以后,他听到了耳边蚊子的嗡嗡声,心想:没关系,灭蚊灯开着呢。一会儿,头上被咬了一个大包,他想:没关系,一个灯值三百多元,质量是有保证的,现在服务态度也不错,如果不好用,人家说了包换。大腿上又被咬了一个大包,老王想:灭蚊灯是说蚊子撞上了,灯会发出高压电,把蚊子击毙,但是它不能保证把所有的蚊子都吸引到自己的灯丝上去,人无完人,金无足赤,灯无万能,想开一点吧。

那天晚上他睡得比无灯时好得多,他告诉朋友,他买的新产品果然名不虚传。他现在不怕蚊子了,因为他确实拥有一台价值三百多元的灭蚊灯了。

荞面

老王小时候爱吃荞面条,遇到头疼脑热,不想吃别的东西,就闹着要吃荞面条。说来也怪,本来发烧三十九度,吃碗荞面,烧就退了,病也渐渐好了。

接下来,老王便坚信荞麦面条能治疗感冒。他对许多朋友介绍了自己的经验,朋友们多不相信,还有人批评他不懂医学。

老王忽然火了,他说:"吃荞面又不是坏事,你们和我争什么?现在发达国家的人民每天都吃荞面条!"

从此,老王有身体方面的不舒服,吃荞面条就不管用了。但是,他还是爱吃荞面条。

荞面（续篇）

老王的朋友小丁做了调查研究，断定老王所说发达国家人民都爱吃荞面条的说法是没有根据的。他说，除了日本，并没有哪个发达国家的人民特别爱吃荞面条。

但是老王已经说过所有发达国家的人民都爱吃荞面条了，说过的话不好再改口，他便硬说据他所知就是这样。反正他的周围也没有几个人知道国家发达了会怎么样，于是发达者爱荞面论还是广为流传起来。

大家觉得老王比小丁大十来岁，人也比较老成，他有一个儿子拿到了绿卡，在中美两国间常来常往，他说的发达国家的事，应该是更可靠些。

再说，反正黑色食品现在正看好，提倡吃荞面条不会有错的。想那些年，为了益寿延年，说是清晨起床喝尿最好，不是也有人就喝起尿来了吗？如果告诉人们每次大便后舔一舔新排出的物体对人体健康有益，说这才是世界最新最时髦的风习，可能照样也会有人吃吗？

百合

老王家附近新辟了一处自由市场，鸡鸭鱼肉、菜蛋粮油、干鲜果品，一应俱全，十分红火。

老王的老伴这天去自由市场采购，买了一批"进口"物资回来，并告诉老王："我带的钱不够了，没有买百合。我知道，你最喜欢吃百合了，百合最去火也最养人，你赶快去买些！"

老王奉命前去，找了一圈，见到山药，见到芋头，见到土豆，也见到白薯，就是没有见到百合。他回来报告："哪里有百合呀？也许方才有可现在已经卖完了吧。"

老伴不信，气呼呼地自己又去了一趟，不到十分钟，带着一塑料兜百合回来了。

老王惊愕不已，惭愧不已。

果子狸

许多年前,老王去广州的时候和朋友们一起吃过一次果子狸。果子狸是什么味道,老王当时就没有注意,后来更是忘得一干二净。后来老王通过学习增强了环保意识,增强了保护珍稀动物意识,并对自己吃过本应保护的果子狸深感惭愧。

后来他又去了一次广东,又是在宴会上见到了果子狸,他便声明不吃。所有的与吃者都劝告他要吃,并说是反正大家都吃,反正是人工喂养的,就是为了吃的嘛;还说在座的有环保专家,他们都吃果子狸的;最后说,好了好了下不为例,咱们就吃这一回吧。

老王还是没有吃。朋友们面露不悦之色。

后来又说果子狸传染了 SARS,罪莫大焉。

后来又说不一定是果子狸传染的。

后来再说就是果子狸传染的。

再后来说《红楼梦》里贾母就吃过果子狸。老王自命"红"迷,竟然不记得贾府吃果子狸的描写。老王从此更加惭愧了。我们的文化源远流长,我们的所知沧海一粟。您还有什么可说的?

高压锅

北方人的习惯,到了旧历腊月初八那一天,要喝各种杂粮混合煮的腊八粥。

这天是腊七,老王去买杂粮。他买了大米、糯米、黄米、大麦米、高粱米、薏仁米、花生米、红豆、绿豆、豇豆、芸豆、白豆、小豆、栗子、红枣等。这么多种杂粮杂豆都装到一个塑料袋里,拿回家来了。

老王的老伴大怒,说你怎么能这样做事,豆子费火,应该先煮,米类后放,才能熟得均匀,现在都掺到一起,怎么熬粥呢?

老王想了想,说:"这样吧,我出门买一个新的压力锅,用长时间大火加温加压,这锅粥能够熬好,没问题!"

后来就是按老王的办法熬好了粥,只是事后想起来,老王后脊椎骨上有点冒凉气。

君子兰

二十年前，有一阵子，君子兰价钱特别贵，因为当时流传着一个说法，君子兰能够防癌，能够净化空气，能够益寿延年。还说是日本人到我国吉林省买君子兰，已经出到几十万日元一盆了。

正在这个风头上，偏偏一位东北的老同学来看望老王，送了老王一盆君子兰。经了解，这盆花用了朋友十个月的工资。

老王深感不安。如此这般，陆陆续续，老王连买带被馈赠，有了十几盆君子兰了。当然，君子兰的价钱也降下去了。

多年来，一盆君子兰开花了，又一盆开花了，金黄的花朵煞是好看，而最初的那盆，始终没有开过花。老王浇水，施肥，松土，换大花盆，换土……这盆君子兰长得挺精神，叶子不宽，但碧绿碧绿，很有活力。

二十多年过去了，这盆君子兰从来没有开过花。老王知道，这盆花最珍贵，他相信，总有一天，它会开出世上最美的君子兰花朵来。

君子兰

名画

朋友送给老王一张风景画,老王一直没有仔细欣赏。这天,老王终于把它悬挂在墙上,慢慢地看。只见画上画着一条山溪,流水奔腾,溅起了浪花,山石峻峭,树木森森,林间还有一处房屋,天空有一群飞鸟,着实可爱。

突然,他发现这是一幅著名画家的画,难道是真的?他怎么可能突然得到一张名画?这使他心跳不已。他问了几位内行,内行说是真的,是原作,不是模仿,不是冒充。这使老王更不安了,他心想也许那些所谓内行都是假行家真力巴吧,否则,他怎么可能突然拥有一张名画呢?

他想方设法与送画的人联系,联系不上,那位朋友移民到加拿大去了。他又想,即使联系上了,他也不好问人家:"您老给我的那张画是真品吗?"当然,他可以婉转一点,只说道谢的话,可以说"不敢不敢,君子不能掠人之美,您怎么可以以那样的名画送我,在下无功受禄,愧杀人也"。

不,也不行,如果那不是真品呢,那不等于逼着人家声明"不不不,那只是赝品"吗?那不是会使人处于尴尬的境地吗?

他嘀咕了好久,直到一位大专家鉴定,那绝对不是真品时为止。其实逻辑很简单,专家说:"如果是真品,此画价值三百万人民币,有哪个朋友会平白无故地送给你三百万？"

这么一分析，老王踏实多了。

有时他又忽然想到，万一是真的呢？如今的世界也不见得事事都经过成本核算与利润论证。这么一想，他又六神无主了。

唉，还不如没有这张赠画呢。

名画（续篇）

又过了一段时间，他看着那山水，那树木，还有房屋，还有石头和飞鸟……这个地方自己去过呀，是他错划成什么什么派以后去那里劳动与改造思想的，别人不知道哇，怎么这张画和他的生活他的命运是这样息息相关呢？如此这般，他更害怕了。

又过了一段时间，他忽然发现，这个风景点没有任何响动，怎么水流没有声音呢？怎么树木没有声音呢？怎么房屋没有声音呢？莫非水不流了？莫非从来没有吹动树枝和树叶的风？莫非房间里没有住人，是空房子？

他欣赏的是一个非常安静、绝对没有声音的世界。只这么一想，老王就惊恐地大叫起来。

家人问他怎么了，他说没什么。然而，他仍然是吓得魂不附体。他把自己的感受告诉了老伴，老伴说："你忘了那个谜语了吗？画嘛，那叫远观山有色，近听水无声，春去花还在，人来鸟不惊……画哪能有声音呀！"

老王怒道："你以为我是白痴吗，怎么的？我不知道那个破谜语吗，怎么的？这还用你给我讲吗，怎么的？"

老伴说："好的好的，唉，我们不是正在为街道上传来的噪音而苦恼吗？安静点有什么不好？"

手机

老王的孩子给老王买了一部手机，老王觉得很先进也很现代。

他给亲戚朋友们去电话："是这样，我有手机了，我的手机号是1396668……是的，请你找一张纸记一下，以后如果家里的电话找不着我就请给我拨手机……"

他感到怀疑，怎么这么短时间，也没有复核，对方就硬说是记下来了？恐怕压根儿就没有想记录他的手机号吧？于是他主动再给人家讲两遍："是的，号很吉利，是1396668……"他从对方的冷淡上觉察到，对方是不会给他打手机的，也不会有什么事给他拨座机。

还有两次，他告诉完了人家自己的手机号，对方毫不回应他的复核，却忙不迭地把自己新设的手机号告诉他。他觉得对方没有礼貌，觉得对方太急于表现自己也买了手机，并非只有老王其人才有手机……老王同时觉得记录对方的手机号很麻烦，没有必要。即使当时记下来了，长期不用肯定会丢掉。不丢掉的电话号码也不是没有，但是未必知道那莫名其妙的数字的主人是谁。

不常常来往的故交见了面连人家的姓名都会有想不起来的时候，何况手机号？

还有一位忙人干脆说，不必记了，我一般也不会有什么事找你,若是真的有要事,我会让秘书查找,他肯定会查到你的电话的。

老王一口气噎在那里了。

手机（续篇）

通报了一回自己的手机号，老王已觉受挫。他打开手机，从早到晚，没有人给他打电话。

真是莫名其妙，真是暴发户心理，人均收入远远处于后列的中国人，在手机拥有量上竟然名列前茅。而且，老王的哲学家朋友曾经告诉老王，在欧洲，真正有头脑有灵魂的高级知识分子是绝对不配备手机这种小把戏的，手机是适应了小商贩、毒品贩子、洗黑钱者、收售赃物的鬼市经营者、应召女郎和对配偶不忠的人的需要而设计与制造的，刘震云、冯小刚等的贺岁片《手机》已经说明了这一点。真是人心浮躁啊，刚刚温饱的中国人竟然人人用起手机来了！

有两次，夜间老王忘记关掉手机，午夜手机唱起了流行歌曲。老王兴奋中慌忙去接手机，结果是错号，对方问老王这里是不是歌厅，要找"小姐"。

老王的太太责问老王：深夜开手机，究竟意欲何为？

于是，老王关掉了手机。

老王的孩子大怒，并驳斥老王说："零电话也是电话的一种，就像SARS的零报告也是重要的疫情通报。错误信息更是信息的变种，应该算负信息或者类似乱码的一种新数码。我给您买手机的目的就是让您随时得到信息，哪怕是零信息或者负信息。尤其当我找您的时候,我能够随时了解您的即时情报,我能够得知您是不是犯了脑血管、心血管、腹外科、脑外科、胸外科急症……您太不理解孩儿的孝心啦!"

草帽

这一天太阳毒热,老王从犄角旮旯找到两只老式草帽,由于年代久远,草帽已经由黄变黑了。

老王与太太研究了老半天,这样陈旧的老草帽,全中国全世界再找不到人戴了,我们戴得出去吗?我们戴了会不会有什么不良影响,引起误解什么的?

老王说,咱们俩的年龄加在一起都够一百四十多了,管那个呢,既然遮阳,戴!

太太说,现在的人更讲遮阳,但是人家是用高级伞,用拉美草帽,用防晒霜,用盲公镜,哪儿还有用这种草帽的呢?

老王说,我们无须为了旁人的风尚与评论活着,我们还能活几天呀,就我行我素地活一把吧。

于是两个人戴着破草帽出了门上了街。很可惜,不论是在电梯上、社区里、街道上还是商店里、餐馆里,没有什么人注意他们的草帽,没有什么人发表评论,更没有人提出意见。

老王觉得很胜利,却也很失落。也许胜利就是失落或者更加失落吧。

草帽

盆花

朋友们给老王送了几盆杜鹃。这几年时兴送花了。有几个大盆花开得灿烂如云霞,如火如荼。有一小盆则只有几朵小花,而且一拿来就发蔫。

老王叹道,真是花如人也,条件脾性命运如此不同,有的是大富大贵,有的是瘪三一般,不但人比人气死人,花比花也气死花呀。

十天以后,大盆盛开的花开始发蔫。二十天以后,这些花基本上不行了。三十天以后,这些盆花寿终正寝。

只有那盆瘪三花,今天开三朵,明天开五朵,后天又出来几个骨朵儿,一直零零碎碎地开着,一共开了半年。

老王怀疑,那几盆盛开的花是不是用什么药催起来的呢?人有服用兴奋剂的,花也有兴奋剂吗?

鲜花

一位老朋友给老王送了一大束鲜花,香气扑鼻,色彩绚丽。

过去只知道外国人互相送鲜花,现在呢,国人也常常互赠鲜花了。此一时也,彼一时也,思之感之从中而来。

花束太大了,一个花瓶放不下,便分成两束。一分才知道,正经花(玫瑰、钟花、郁金香、马蹄莲等)其实没有几朵,很大一部分是填充性的满天星与细毛毛草。另有一些绿色物质竟是绿塑料做的假叶子。

这个发现使老王先是颇感失望:假冒伪劣,搞搭配之风已经进入鲜花业了吗?后来渐渐明白过来,红花还需绿叶扶,大花还需小花小草配。世间又有什么事情不是这个样子呢?

鲜花（续一）

一个孙子评论道："太美了，居然有人给爷爷送花了！"

老王说："是送的人一时糊涂。"

另一个孙子评论道："几天就完，送花有什么用？还不如送玩具呢！"

老王问道："你看我玩什么玩具好呢？"

一个来访的朋友说："送鲜花表示的是爱情。"

老王说："爱情的命运就像一束鲜花一样。"

鲜花凋谢以后，老王到超市又买了几盆盆花：蝴蝶兰、杜鹃、月季和绣球。

鲜花（续二）

眼看着鲜花一天天凋谢，老王黯然。所有鲜美的东西都是容易凋谢的呀，老王叹道。

一位工艺家朋友送给老王一些假花。这假花做得极像，完全可以乱真，而且，制造者设计了一种香气，缓缓袭来。

老王叹道：它毕竟不是鲜花呀，它是不会凋谢的呀，愈是像真花愈让你怀念真花呀。

老王又想，凋谢敢情是鲜花的标志，就像死亡是生命的特征、特权。

一位画家朋友又给老王送了一幅油画，画的是一束丁香。画家说，上次他画的一幅类似作品在拍卖场竞得了大价钱，是一束真丁香的价格的一万倍。

老王说："我这个俗人，还是觉得鲜花比画上的花好。您是否能够允许我，把您的画作卖掉，换回有生之年的所有丁香呢？"

画家耐心地给老王解释，艺术与鲜花，二者不能互相代替，也不能用一种衡量另一种。老王听不明白，艺术家解释说，比如吃饭与穿衣，哪个重要呢？

老王觉得被画家讲得一头雾水。画家觉得被老王这种俗物把艺术思维完全搞昏了。

白鹅

冬季老王来到郊区一个湖边。由于是旅游淡季,那里人迹稀少。老王默默地在那里散步,发了些时间流逝、四季更迭、岁月不羁、盛衰相替之类的感慨。

一天,大雪后,他看到两只美丽的白鹅并排站在湖边,他非常感动。他想,这两只鹅是怎么回事呢?它们在欣赏冬湖的风景吗?它们在表现抗寒的豪兴吗?它们是一对情侣?它们在表现爱情是永远火热的?或者,它们是冻僵在那里,黯然无助?

第二天,他发现白鹅仍然在那里,仍然并排站立,仍然洁白无瑕,仍然无声无息,仍然无比美丽。

第三天,他发现白鹅仍然在那里。

老王不放心了,他走了许多路,冒着落水的危险,踏薄冰而过,走向白鹅。他甚至怀疑,也许白鹅只是一对新的雕塑?

在他走近白鹅的时候,白鹅飞也似的跑掉了。

后来,白鹅再也没有来。

抛掷

老王于冬季初结冰的日子又来到湖边,几天阴霾之后,恰值天清日朗,心中很是快活。他拿起湖岸上的一个石片,用打水漂的方式将之旋转抛出。只见石片在冰上三蹿两蹦,跳了十几下,走了好远,而且发出了由低到高,再由高到低,由小到大,再由大到小的轰轰声,声音震动了整个冰湖,十分振奋人心。

他的举动竟引起了湖边众游客的效仿,一时间弯腰的捡石头瓦片的抛掷的络绎不绝,飕飕飕,嗡嗡嗡,咚咚咚,呼呼呼,各种音乐响成一片。初冬湖面的交响乐竟是如此宏大,如此动人。而且这虽是人为,却全然天籁,与任何敲打弹奏播放的音响不同。虽是各人所为,石头走过的路线距离与放射面积有限,但石头的跳跃却触动了整个湖水尤其是冰面与湖水间的空气,响声遍湖遍野遍地,有一种接天地震寰宇万物欢腾歌唱之感。

老王非常高兴,老了老了,对于音乐与游乐健身事业,还做出了新的贡献。

抛掷

樱桃

自从读过了契诃夫的戏剧《樱桃园》，老王一直向往着一座真正的樱桃园。

他到过了看过了北方的梨园、苹果园、蜜桃园、枣园、红果园、山楂园、柿子园，也去到了看到了南方的荔枝园、龙眼园、香蕉园、凤梨园、枇杷园和柑橘园包括柚子园，就是没有去过什么樱桃园。他倒是看到过个别的樱桃树，当他问起果农有没有樱桃园的时候，果农们说："樱桃个儿太小了，吃不到什么东西，也卖不上价钱，谁鼓捣樱桃园去？"

他的印象是，中国的果农太土了，中国的果园也太土了，所有的果园都不像与没落的贵族文明有什么关系的样子，所有的果园都不可能培育出契诃夫的戏剧来。

他觉得自己着实可笑。

樱桃（续一）

老王梦中得到了一块土地，他并且要在这块土地上修建别墅与花园。又不像是做梦，更像是睡不着觉时候的胡思乱想。

老王有个经验，睡不着时就专门想一些不可能、不现实、无厘头、狗屁不通的事。有一次是研究自己如何开坦克，有一次是想自己如何领军国际标准舞大赛，最近一次是思考如何参与山羊品牌博士论文的答辩。

这次他想的是别墅与花园。

另一个老王，即乙老王，向此一个老王即甲老王提问："在花园里种什么花呢？"

甲："樱桃。"

乙："嚄，你还挺浪漫的，我问过几个老人，他们都说是种大蒜。"

甲："为什么偏偏是大蒜？"

乙："有一个嘴里发着蒜味的讨厌的人，偏偏很长寿。"

甲："哈哈哈哈……"

乙："恐怕您是喜欢契诃夫的名作《樱桃园》。"

甲："不，我只是觉得《樱桃园》的氛围像梅兰芳的《霸王别姬》。"

乙："什么？"

甲："大势已去，美在英雄没路。"

老王睡着了。第二天清晨回想起来，他落了泪，一辈子，他还没有这样深刻地荒谬过呢。

樱桃（续二）

好几天了，老王老是觉得自己的梦话缺了点什么。

他夜夜想着樱桃园，红色的、紫红的、黄白的、圆圆的、鼓胀的、芳香的樱桃啊，招来了一只又一只飞鸟。

为什么樱桃没有人摘呢？

大概这是一些土樱桃，市场上卖不上价钱，农民们又忙于做生意、搞农家乐旅游，一大片樱桃，喂了鸟儿啦。

别着急，超市里的樱桃多着呢，还有西班牙与荷兰进口的大樱桃呢。

多么可爱，多么感人，鸟儿有了更多的樱桃可吃，人有了更多的金钱可赚，老王有了更多的大蒜与樱桃、别墅与花园、契诃夫与楚霸王……

心猿

随着年龄的增长,老王的眼睛时有昏花。昏花中他有时会觉得看到了一个黑色的猿猴形的影子。他很奇怪。

这天晚上睡得早了一些,没有立即入睡,越发清晰地看到了那个似曾相识的猿猴影子:黑如墨染,形状不算确定,时有伸延舒展收缩变形,像是浸在水中的一滴墨水的变化;突然又蹦了一下,灵活如猴;不但动作灵活,而且极有立体感,像是傀儡戏,却又比傀儡的动作自然连贯。反正绝对不像影子了。

老王强解道:古人称心猿意马,这就是心猿啊。当我疲劳放松,心猿就出来了,当心猿出来活动之后,我也就快睡着了。我年逾古稀,仍然有这样好的自我调节能力与入睡功夫,胸怀坦荡,了无挂碍,真是幸福啊。没等想完,老王鼾声已起,立马堕入黑甜之乡。

从此老王一累就闭眼收心,等待心猿的出现与安歇,屡试不爽,但觉明月清风,行云流水,心随猿升,神随猿攀,登山上树,跳谷飞崖,有飘飘欲仙之感。

老王带着孙子去了一趟动物园,专门到猴山观赏。看猴得趣,老王却一阵失神,摔到了地上,很不好意思。此后老王想看到自己的心猿而常常不可得了。

意马

老王看不到心猿，便琢磨起意马。他买了一个玉质的小马，放到卧室的床头柜上。

他想象着玉马在山中的草地上奔跑的情景，颇觉舒畅。他想象着玉马蹬地而奔，长出翅膀，御风而行的情景，觉得很豪迈。

他想起自己年事这么高，却还从来没有骑马奔跑过，骑过一次马，是在八达岭照相，很难算数。遗憾哟！

老王整天在网上查，想找一个能旅游能住宿能骑马的地方，终于找到了一个骑马三日游的郊区旅游点。等到报名了，却被老伴协同子女严厉制止。

老伴和子女说服他，对自己的身体应该抱更负责的态度，不应该老了老了再搞什么盲动冒险主义。老王反驳说，前几天电视上还播放一个美国九十岁老翁跳伞的画面……他这样一说，招来更激烈的反对："你知道人家美国人的爸爸爷爷还有爷爷的爸爸和爷爷一辈子都吃的什么呀？你怎么能和人家比？而且，就这样，他跳伞的结果还是撞伤了肩膀，住了医院。你不能盲目崇美，认定美国的月亮更圆呀！……"

老王乃改为练习画马。他找来徐悲鸿、尹瘦石、刘勃舒的画册，模仿作画。画了许多日子，发现自己画的实在

意马

不像马，而像老鼠，像饿得不成样子的猪。

老王终于认识到：

心猿或可至，意马实难抒，胸襟但豚鼠，何事思的卢？

（"的卢"是《三国演义》中所写的刘备骑的宝马的名字。）

目标

穷极无聊的老王,搞了一张飞车比赛的游戏盘。从此,他沉浸在飞车比赛的梦境中。

半年过去了,他的成绩极差。为这事他茶不思饭不想,失眠上火长口疮。

他逢人便感叹:"没有比看得见目标而达不到目标更痛苦的事情了。"

朋友问:"王兄,您都这么老大了,您还有什么目标呀?"

老王不好意思回答,便有点恼羞成怒,说:"年纪大又怎么样?只要还没死,我就是活人,就有目标。"

朋友为之鼓掌,认为"没死就是活人"的命题发人深省,催人奋进,贯穿了求实与鼓劲的精神,是颠扑不破的真理。

老李还举出了实例,说是老吕的丈母娘今年一百零一岁了,她的孩子们整天限制她做这做那、吃这吃那,整天说:"这么大岁数了,喝点稀粥就行了,养养神就行了,会数数就行了,一天睡一两个钟头就行了,没拉到裤子里就行了……"这不就是还没死就先拿人家当死人对待吗?

老王很高兴话题转变了,从他的人生目标转到对待老人的态度上了。至于他的目标是什么,这仍然是最困难的问题。不只他,所有人的目标,都是不好回答的。

明月

老王在这个月的阴历十五到山中游玩,他期待着明月自山头升起的情景,感到了一种庄严、一种清新、一种超拔。

他坐在山村的空场上,看到了山头的天空渐渐明亮,亮得周边看不到任何一颗星。他预测,满月将从那里升起,他想起了许多次在海上、在平原、在高楼上坐待明月升起时的美好体验。

更亮了,更亮了,明月仍然没有出现。

看来,明月还是很有耐性的嘛。老王评论月亮,觉得比评论政治、评论艺术、评论商品、评论他人更高雅,更脱俗。

他相信,再有最多三分钟明月就要升起了。他激动起来,他准备好了赞美大自然的心情与语言。他想说:"啊,我的月亮!"就像帕瓦罗蒂歌唱"噢索罗蜜哟"——"啊,我的太阳"一样。

而这个时候老伴告诉他:其实月亮早就出来了,你只要离山头远走几步,就能够看到完整巨大的明亮的月轮了。

他跟着老伴面对着山头退了几步,果然,看到了月亮;再退几步,月亮已经升起老高了。

老王沮丧得几乎瘫在地上。

明月（续篇）

不能欣赏月出了，便欣赏月亮本身。月亮毕竟值得欣赏，而且，不会照得你像烤一样的难受。但是他还是渐渐感到了悲哀。

月亮太孤单，没有一枚星星可以与她对话，没有一颗星星可以与她相伴，甚至也没有哪一位星星能够与她作对，例如，把她的光芒压下去。

月亮太清凉，也许一开始你还没有觉得凉，但是只要在月光下坐久了，一阵阵寒意便自然袭来。

月亮太遥远，月亮太清高，月亮太沉静。她不像风雨，更不像雷电，她太无声无息。

月亮被讽刺为缺乏自己的光辉。月亮被征服，被登临，被带回照片和物质的样品，被考察，被分析，被定量与定性，被确认为一个死了的卫星，当然落后于恒星与行星，在宇宙中根本没有她的位置。

然而月亮在另一个更没有位置的个体生命——老王心中，无比重要。月亮使老王流泪不止。

唐装

还是头一年过年的时候,老王到名店"瑞蚨祥"买了两件唐装夹衣。

到了今年,他找不着其中最好的那一件了。

"我买了两件唐装,结果现在只剩下一件了。"他对孩子们说。

孝顺与惜老的孩子们立即表示要给爹爹再买几套中式服装来。

老王急了,他申明他不要,他申明他没有这个意思。但是他奇怪,为什么去年是两件,今年变成一件了呢?

老王太太向孩子们使眼色,于是孩子们也都表示奇怪:是的,去年明明是两件,今年怎么可能只有一件呢?

女儿最心疼爹爹,便向爹爹保证:不可能丢失的,只是因为生活提高,新衣过多,旧衣更多,你压着我我压着你,一时找不到罢了。女儿向爹爹信誓旦旦:出不去几天,那一件丢失了的,其实是根本没有丢失过的唐装,一定会赫然出现,隆重登场,闪亮推出,供老爹穿用。

老王随之情绪高涨起来,是的,一切失去了的,都会在今年找回来;一切没有做稳妥的,都会在今年找补回来;一切想要的,都会在今年得到;一切留恋和记忆,都会在今年保存下来。今年将会有更多的效率,更多的失而复得,更多的美丽和成熟,更少的焦虑和火气。

虽然老王嘛也不是,他还是想钻到他梦中的航天器中,搞一次太空行走,向着整个地球和太阳系喊一声:新年你好!

月饼

过中秋节了,老王的孩子说:"今年,我们中秋节不要吃月饼了,月饼一股子糖呀油呀什么的,有什么好吃?"

过春节了,老王的孩子说:"今年过年,不要包饺子了,饺子有什么好吃?拿到美国,那要算垃圾食品的。"

过元宵节了,老王的孩子说:"今年正月十五,咱们不要吃元宵了,元宵有什么好?一点动物蛋白质和维C也不含有。"

过五月节了,老王的孩子说:"今年五月端午,不要吃粽子了,粽子有什么好?糯米小枣,农民意识,还不如吃基围虾呢。"

老王说:"基围虾又有什么好?还不如什么都不吃,什么节也不要过呢,又节约又减肥。"

木塞

受到近年来风气的影响，老王也日益喜欢起红葡萄酒来，说是红葡萄酒能软化血管预防心脏病降低血压什么的。

老王在开红葡萄酒瓶盖的时候常常把木塞弄断弄烂，结果木塞屑落入酒中，红葡萄酒沾染了软木塞的气味，非常煞风景。

老王叹道："法式高尚红葡萄酒易造，质量一流的软木塞难寻呀。"

木塞

春饼

就这么说着说着，这天下起大雪来了。老王接到孩子的邀请，说今天立春，邀父母同去吃薄薄的春饼，卷豆芽菜、肉丝粉条、炒鸡蛋、酱猪肉，还有熬的杂豆粥。

老王一惊，怎么刚下头一场雪就立春了？岁月越走越快，节令越行越赶，一年二十四个节气，怎么连珠炮似的迎面而来了？

他背诵起为便于记忆而编成的二十四节气诗：

春雨惊春清谷天，夏满芒夏暑相连。
秋处露秋寒霜降，冬雪雪冬小大寒。

这本来并无意义、只求押韵易记而编的顺口溜，突然感动得老王热泪盈眶。多少个立春和雨水过去了，不管你雨多还是雨少。多少个惊蛰、春分、清明和谷雨过去了，农事永远辛劳，祭祖永远虔敬。多少个立夏、小满、芒种、夏至、小暑、大暑过去了，夹杂着更为通俗的关于数伏的计算。而一旦到与秋有关的节气，白露呀寒露呀，光是那些名称已经带来了凉爽，带来了秋风，带来了对于盛夏的无限依恋，包括暑假，包括日光浴与海水浴。盛夏的时候盼望着暑热的结束，真要结束又依依不舍。人啊！

老王突然感觉到,古往今来,中国有多少好诗啊,而这首节令诗,更是最最感人的好诗。类似的还有小时候描红模子与学数数的"诗":

一去二三里,烟村四五家。
亭台六七座,八九十枝花。

土地、风俗、老百姓和家,祖祖辈辈,贫贫富富,磕磕碰碰,都是这样过来的呀。

餐具

从电脑想到了餐具,老王建议买一套精致些的餐具。

老婆问道:"你的胃下垂,你的肝功指标全部阳性,你的肠坏死,你的胆结石,你的食道萎缩,你的胰腺疼痛,你的口腔长疮,你的牙齿已经所余无几……你的饭量愈来愈小,你忌吃的食物愈来愈多,凡酸、冷、生、鲜、荤、咸、辣、油、糖、高蛋白、高脂肪、高碳水化合物、高纤维……你都不能吃,你还讲究餐具做什么?"

老王长叹一声,道:"都到了这个份儿上了,我不讲究讲究餐具,我还能讲究什么呢?"

音乐响铃

老王越老越喜欢听音乐了。

越听音乐作品越觉得万事没有比听音乐更文雅、更不招事、更本分、更无欲求的了。

尤其使他高兴的是,一个又一个的亲友,把自己的手机响铃改成音乐歌曲了。

给张三打电话,他听到的是《甜蜜蜜》;给李四打电话,他听到的是《夜来香》;给儿子打电话,他听到的是《老鼠爱大米》;给女儿打电话,他听到的是"tonight, tonight..."

这天他打电话,竟然听到了苏联老歌《灯光》:"有个年轻的战士,他出发去远方……"他非常感动。也怪了,俄国人已经早就忘了这些歌儿了,曾经高举反修旗帜的中国人却死乞白赖地唱着这些歌。是不是当年闹翻得太快了一点呢?一代人,两代人,跟苏联还没有友好够呢?

这时出现了应答电话的声音:"喂,哪一位?"

老王一下子糊涂在了那里,是格拉祖诺夫唱的这首歌吗?是索洛维约夫·谢多依的作曲吗?怎么又像是别里格尔的曲子啊?为什么俄国的男高音与意大利的例如帕瓦罗蒂的发声如此不同?后者更浑厚而前者更抒情……怎么出来了一位插嘴的人,他是中国人?他在说什么?他为什么搅扰我对苏联歌曲的欣赏？

直到对方不快地将电话挂断以后，老王才想起来自己是在打电话。那么他到底是要给谁打电话呢？他无论如何想不起来了。

太太知道了这件事，说老王是太笨了。太太按了一下重拨键，看出来了对方的电话号码，又响起了苏联歌曲《灯光》。也许是拨了个错号吧？怎么太太也分辨不出电话号码的主人是谁呢？

老王赞道，现在的手机改进得真了不得呀，听音乐、摄影、摄像、做游戏、计算……想想自己这一辈子，智力和功能，还比不上一只手机呢！

过年

好久了，没有像今年过年过得这样隆重地道：

女婿给贴上了福字——倒着，贴上了春联，用的透明不干胶布。

女儿给挂上了中华结、大红灯笼。

儿子带来了年糕。

孙儿带来了上千元的鞭炮。

还有盆花。还有鲜花。还有半只羊。还有彩灯。还有电动走马灯。还有最新出品的DVD。还有新衣裳。

全家老小一起包饺子，和面，剁馅——说是叫作剁小人，其实想来想去周围的小人也没有几个了。

相互拜年和给压岁钱。

碰杯。红白葡萄酒、二锅头与茅台——茅台是真的。

电话拜年。从地球的各个角落，该来的电话都来了，不该来的电话也来了。

午夜放鞭炮。听响。看花。今年的鞭炮点亮了天空，只是由于高建筑太多，看得不痛快，听得痛快。

看电视晚会。看得太多了不容易说好，反正至少电视台自己说是非常好。

今年真是过年啊。各种条件都具备了。认真如同童年，规模史无前例。

突然，老王微微一想，地球呀人生呀过年呀放炮呀穿新衣呀戴花帽呀吃年糕呀……这些都是多么孩子气的事儿啊。

他流出了热泪。

月亮

老王有时不太愉快,便看月亮;有时太疲劳,便看月亮;有时忽然若有所失,便看月亮;有时不小心打碎了珍贵的瓷器,便看月亮。

他发现,月亮时时不同:有时候出得早,有时候出得晚;有时候圆,有时候弯;有时候穿云破雾,有时候青光万里;有时候使人悲伤,有时候使人甜蜜;有时候明亮的月光使他难以入睡,有时候月光的照拂使他睡得分外踏实。

然而,那本是始终如一的同一个月亮。而且,他相信,不管他看不看月亮,他的处境怎样,他怎样去感受月亮,乃至这世上有没有他,那仍然是同一个月亮。

月亮

落叶

老王最喜欢秋天到湖边欣赏落叶。

树叶变黄了,变红了,随风飘落下来。"真美呀!"老王沉醉地说。

老王踏着落叶走来走去,心里鼓涨着诗情。"落叶就是诗啊。"他感动地说。

天愈来愈冷了,落叶完全干枯了。北风吹来,落叶扫地而去,老王觉得十分悲伤。他想人生的悲哀是永恒的,人生如树叶,片片凋秋风。他想起近年凋谢的师友,只觉得无限怅惘。

三九天到了,湖边只剩下了冰雪和枯树。老王走在冰雪上,精神为之一振。他看着枯树枯枝,心想,其实树叶虽然是短暂的,树林的生命却要长远得多。这一树叶虽然不是那一树叶,然而,彼一树叶却也好比此一树叶。生命的个体虽然短暂,生命之树却仍然会保持自己的绿色。

他的心情好多了。

氧气

春天来了,老王到远郊区的河边去玩。他看到河里安装了一些四四方方的设施,一半在水里,一半暴露在空气中。他觉得很奇怪,就问同行的人:"那是什么?"

一个人回答:"估计是要铺设河底电缆吧。"

另一个回答:"估计是拉电线吧。"

一个人说:"是不是要垫一个人工岛呢?"

一个人说:"是不是要表演水上杂技呢?"

谁也说不清楚。

老王来劲了,他见人就问:"请问那是干什么的?"回答和上面已经列举过的差不多,多了两样是"不知道",还有"谁知道呢"。

"谁知道呢"是一个很有意思的句子。上世纪五十年代咱们的《译文》杂志(后改名《世界文学》)上刊登的肖洛霍夫的《被开垦的处女地》第二部上,就写过主人公拉古尔洛夫私自释放了他的一个与反革命富农关系暧昧的女情人的故事。这一段落的最后,作者写道:"也许这一次拉古尔洛夫给她的印象有些不同吧,谁知道呢?"

那次搞得老王挺感动,谁知道呢?

后来,一个河边的人告诉老王说那是氧气罐,需要给河水输氧气,不然会出现蓝藻,去年不就出现蓝藻了吗?

什么？河流都需要输氧了？现在的技术可真先进，估计往后一棵树也需要氧，一朵花也需要氧，一只蚊子也得有氧才能叮人，而被叮者更需要输氧才能经得住一叮一咬。

他想起了病房里给重症病人输氧的情景。年岁大了，常常到病房看望老朋友的最后一面，他悲哀而又留恋，过往的好时候到哪里去了呀？

纳兰性德纪念馆

一种蛾眉,下弦不似初弦好。庾郎未老,何事伤心早?

素壁斜辉,竹影横窗扫。空房悄,乌啼欲晓,又下西楼了。

老王喜爱纳兰性德的词。当他知道某郊区设立了纳兰性德纪念馆,他兴奋极了。他二〇〇六年去了一次,看到一个很好的建筑,很好的山山水水的环境,还有纳兰性德的雕像,只是展品少一些,只占了一间小房子,其他的房子则作为客房出租给游人。纪念馆的说明词上说,这边原来有纳兰的墓地,"文革"中受到了损坏,根据市政协委员的建议,修建了这个纪念馆。

后来又去了一次。由于没有解说员,老王见人就讲:清代词人纳兰性德原名成德,后因避讳改为性德,又叫容若;他的词极好,甚至还有人认为他才是《红楼梦》中贾宝玉的原型;可惜他只活了三十年……

再后来,老王发现纳兰性德纪念馆的名称依旧,雕像依旧,但是展览没有了,代替展览说明的是餐饮与住宿的广告,上写:

烤虹鳟鱼炖柴鸡手擀面炒河虾香椿炒鸡蛋菜团子

牛（栏山）二（锅头）

同去的老者说，这样的名人纪念馆，只有咱们有，咱们的人可真灵活！

老王想起了他最喜爱的纳兰词："一种蛾眉，下弦不似初弦好……"他不禁吟道："一种纳兰，诗词不似鱼虾好。通人寥寥，何事伤心早？素菜粉条，窗边价目表。空房俏，游客款交，又盖西楼了。"

以自己的词与纳兰的相对照，老王惭愧无地，痛不欲生。他想，像他这样的浊物，本来也不配来纪念纳兰性德。

修路

老王住的这条街修路了,又是噪音,又是烂泥巴,又是堵车,这边的居民可以说是怨声载道。

有的说,修路没有经过论证,修了挖挖了修,此事何时了?有的说,如果是发达国家,用几个夜晚就修好了,何至于如此大动干戈?还有的说,应该追究上次修路的质量问题,顺藤摸瓜,说不定能揪出一批不法分子来,听说咱们的交通部门,贪官多了去了。

后来路修好了。马路拓宽,机动车六个道,非机动车两个道,绿化一步到位,全种的大槐树,富有地方情调。还有花坛,还有草坪,还有为横穿马路的行人修的过街天桥,还有隔音墙,减少公路行车对两侧居民的干扰。人行道旁还立了读报栏。

老王悟出来了,修路是讨人嫌的,修好了还是方便大家的。再过几代人,科学再进步进步,到那时候路能不能不修而自动变好呢?例如一按电脑键盘,一条破烂路变得崭新光亮……

他一个人闷着头笑了半天。

长寿的关键

老王一次与老友们讨论起如何能长寿的问题。不知哪儿来了一股邪劲,老王大放厥词说,关键是睡眠。他说他深信,人的生命在睡眠过程中可以自行解决生理病理的各种问题。比如癌症,现代科学告诉我们,谁身上没有癌细胞?关键是你睡得好不好,睡好了,癌细胞就被健康细胞消化吸收排除了;睡不好,癌细胞就繁殖作乱了。比如肥胖,一般人认为睡得多易胖,英美科学家最新发现:睡多了产生一种酶,正好将脂肪溶解排泄,而睡眠不足的人,脂肪越积越厚。

老王振振有词,说得老友们伸脖流涎眨巴眼儿。被他忽悠、镇服的众老友争问:"老王兄,您每天睡多长时间?"

"十个小时。"老王豪迈地宣布。

"喔!哇!"一片赞叹。

此次谈话过后,老王开始格外认真地睡觉,每天坚持在床上躺足十个半小时。即使半宿半宿地在床上折饼,反正就是不起来,除了进洗手间。他问自己:如果我睡不够,我岂不成了说谎者?我接受了谁的收买,要为睡眠当托儿呢?既然我已经声言我是嗜睡主义者,我说服不了别人,还说服不了自个儿吗?很可能我是对的呀……

同时老王每天照镜子,觉得自己气色越来越好啦。

长寿的关键

短信

老王早晨看错了表,把五点看成六点,起早了。

为此他有点别扭,自从鬼使神差地在友人中间散播了嗜睡主义的言论以后,他变成了真正的嗜睡者了。

他下决心把清晨损失的睡眠从午觉中找回来。刚吃完午餐,他就急急地往卧室跑,他相信,他一定能睡个好午觉。

就在他睡得正香进入完全忘我的熟睡境界之时,嘀溜一声,老王的手机收到了短信。

他的第一个反应是,抄起手机扔到窗户外边去。他痛恨手机,他这才体会到了某些西方学者批判手机的正确性与必要性的原因。他痛心地想,想不到自己竟然会堕落到使用手机的地步。他想起一位年轻的朋友,整天给他讲美国最时髦的思潮是否定现代化特别是现代性。他哀叹自己没有主心骨,竟然接受了女儿的要求,有事没事老开着手机,有电没电老在那儿充电。他设想,早晚手机会植入脚趾,耳机会揉入耳膜,望远镜会植入遗传基因,人人都是千里眼,个个都是顺风耳……生命再没有安宁的时刻了。好恐怖呀。

就在他万念俱灰,渴望回到大海航行宝塔山延河水的年代的时候,他突生一念,与其气急败坏地恨手机,不如转过身去硬是接着睡他一觉。

他翻了个身,又睡着了。

许久了,他没有睡过这么好的午觉。真舒服呀。

他就先不扔手机了吧。好几千块钱买的嘛。

赏月

老王与太太饭后散步，发现这一天的月亮特别光明。你猜今天阴历是十几？

两人都猜是十三，有邻居在旁确认，这一天就是阴历十三。有手机在握，再查，确是阴历十三。两人都高兴，想想，两人年龄之和已经超过了一百五啦，对月亮也应该比较面熟啦。

老王说，他小时候对月亮从来没有什么感觉，是读了《模范作文选》上的"皎洁"一词，才开始发现月亮的。对于他来说，没有皎洁一词就没有月亮。

老王太太觉得不甚可信，当然是先有月亮后有皎洁一词的，周口店的猿人恐怕不知道皎洁这种"五四"后的书面语言，但是肯定那时天上已经挂着月亮了。

老王长叹一口气，心想：我说的其实也是来自一种思潮，是结构主义语言学吗？还是新左派？自己的学问还是不行啊。一张口，就让不相信学派的太太驳了个体无完肤。

老王便说起那位年轻的新思潮报道者来，并以此兄的口气说："总不能只停留在形而下的层面。"

老王太太说：那家伙呀，他唯一来过一次咱家，借走了雨伞还有好几本老书，从此不上门，也不归还东西，他还形而上呢？

赏月（续篇）

老王因谈月亮而牵扯到年轻与有才华的友人，引起了一番不算辩论的辩论。他改换话题说：咱们快快回家看电视连续剧《前妻回家》吧。明天晚上，咱们干脆去公园，专门赏月去！现在多好，公园优待老人，不收门票。

于是两人不再争论月亮与皎洁的关系、形而下与形而上的关系了。只是越看越觉得电视连续剧的情节不合情理，使老王怀疑是看一晚上《前妻回家》好，还是讨论一晚上月亮与雨伞的问题好。

第二天，天阴，看不到月亮，他们也就没去公园。第三天，有雨。第四天……第七天，下弦了，后半夜才出月亮呢，嗜睡的老王不可能为了赏月而推迟睡眠。

明月几时有？赏月也并非极容易的事。

您是哪位？

老王的一位名人朋友，非拉着老王去参加一次名家的集会。在一家会馆里，老王看到那么多政界、商界、学界、演艺界的名流，他既兴奋又失望。兴奋的是，过去在电视荧屏上常见的明星名流，居然这么多人近在眼前；失望的是，过去在电视上看到他们老王都觉得放光，而现在走近了他又觉得没啥，明星名流个个也是一个嘴巴两个耳朵，与他无大区别。

明星名流们互相几乎都相识，你对我笑，我与你拥抱，他对她耳语，她对他摇头摆尾……

只有老王谁也不认识，他为自己寻找到了一个最佳角度，从容地客观地观看众名流。他甚至想到了屈原的诗：众人皆醉我独醒。过了半个小时，观察着众明星名流的老王，突然发现大家也在观察他：他是谁？他私自来到了这里？他是大款？大腕？大家？大师？大官？大哥大？黑手党？雷子？探子？混子？

至少有两分钟，老王觉得自己反倒成了聚会的中心。

一位美女走了过来，可能在这样的集会上，美女的勇敢超过了猛男。她向老王一笑，百媚乃生。她款款地问道："请问，您是哪位？"

老王被问得一怔，他说："我是一个朋友的朋友。"

您是哪位？

他的话令自己佩服,他肚里继续说:我是我太太的先生,我是我儿子的父亲,我还是我母亲的儿子……

美女报以微笑,款款离去。

老王也报美女以美丽英俊的微笑。他想:我是伟大的,因为你永远不知道我是谁,即使你知道了我的名字。但是我知道你是谁,你演过肥皂戏呀。

最好的诗

老王被拉去参加一个诗人的聚会。说是诗人,大多是老干部,退休后喜欢写传统形式的诗词,还找到企业家赞助,一个个推敲起音韵对仗来。

晚饭当中一位德高望重的老领导提议每人背诵一首自己最喜爱的诗词。于是气氛活跃起来,这个说"明月几时有",那个说"好雨知时节",这个说"念天地之悠悠",那个说"弃我去者,昨日之日不可留"……一个个摇头摆尾,煞是文雅风流。

到了古典文学教授章风采那里,却卡了壳,他嗫嗫嚅嚅,结结巴巴,硬是说不出来。大家说,知道你学问大,你可以多选几首诗词,别人只选一首,教授大人可以选二十首三十首还不行吗?

章教授憋得脸红,最后也没有放出一个屁来,使文采风流的雅聚,毁到他这里了。

后来人们议论,学问太大了毛病也就太多,随便念首诗有什么难办的?到了教授这里反而麻烦了。也有的说,专家的责任心太强,你可以随便读,他不行,他选多了李白忽视了杜甫,这责任谁负?还有人说,他太认真了。还有人说,他是读书多了不由得不犯傻。

静坐的老人

老王今夏到海滨疗养了一个月。在他的疗养所附近,有一个海滩。每天晚饭后,老王在海滩散步的时候,都会看到海滩的梧桐树下摆着一个藤椅,有一位白发苍苍的老者在那里休息。他眼睛盯着大海,观察着潮起潮落,接受着海风吹拂,直到月亮升起。旁边还常常有两三位年轻人陪伴着照料着他。

老王听到伙伴们的不同说法。一个说,此公原是高级别的领导,差一点就更高更高地"上"去了。另一个说,老人有特殊的背景,他的祖上是近代史上的显赫家族。有的说,他会十六国语言,访问过六十九个国家和地区。还有人说,他其实是真正的大款,光房产就二十几处。甚至有人说,他前后有近百位情人。

故事越说越多,故事越讲越鼓舞人心。但是,每次老王经过,他看到的是没有什么表情的老人,是平静和休息,是理解和原谅,是遗忘和欣慰。老王几次想过去与老人搭讪,都被老人的零表情所解除,所拒之于十步之外了。

在老王离开海滨的前夕,他又去散步,却没有了藤椅,也没有了老人,更没有了年轻的服务生。老王急坏了,他到处询问,没有人能回答他。当他问别人的时候,别人就会反问他:"他是谁?您认识他吗?您找他有事吗?"老王全部做出否定的答复,于是被问的也是问他的人显出了迷惑的表情。

老王决定,第二天推迟离去的时间,把清晨的车次换成入夜以后的火车。他还要打听一下,老人哪里去了。

致敬

老王最近感觉到自己的行市似乎有些提高。参加一些活动,各种头面人物都走过来与他握手;参加聚餐,常常被让到上座,许多官阶比他高、事业比他发达、财产比他富有、名声比他响亮的大人物一见到他就显出灿烂的笑容;各种民族传统的节日,领导、晚辈、子女,提着元宵、粽子、月饼、杂粮、蝴蝶兰来看望的人,越来越多了。

老王问老伴:看出来没有?老伴说:当然了,你都七十大几啦,现在的大人物,都是你的子侄辈的了,你的子侄辈的人都有退休的了,能不对你客气一点吗?

老王想,敬老的风习有多么好,再过几年,他八十岁了,更成为备受尊敬的对象了。再过几年呢?再过再过再过几年呢?更尊敬啦,没的说啦。中国真好啊。怎么会有"寿则多辱"的说法呢?明明是寿则多荣嘛。

致敬

青云直上

一天老王去超市买酸奶，回家的时候发现自己的小区里来了许多交通警察，还有穿便服的貌似公安人员的人。

之后社区里传开了，说是N号楼X层的某一家某一人，突然创造出了伟大业绩，直上青云，即将成为本年度风云感动人物。这不，有非常高的领导看望他来了。

有人啧啧称赞，说看人家，说上来就上来了，现在可真是调动出人们的积极性来啦。

有人不服，说是这就叫时来运转，时来乌鸦变凤凰，运去蛟龙成蚯蚓。人生诸事，与其说是打桥牌，不如说是买彩票，胜者VIP，败者屁挨崴，夫复何言？

有人骂，上去上去，不吹牛拍马行吗？

有的说某人的青云直上是由于发明了节能锅炉。有的说是大款，企业利税创造了新纪录。有的说是由于立功。有的说是由于突然发现了此人的特殊背景，此人的老丈人的亲家是国际特大"威爱辟"，比比尔·盖茨与奥巴马还壮呢。

过了很久，又出现了新的说法，说他只是一个普通的老师，他的一个（可能不止一个）学生是VIP，老师病重，大人物来看望——送终来了。现在，他已长眠。

老王有些失望，更多的是欣慰。

老张的 486

老王到一位老同学老张家里去，这位老张是他的老同学中最有成就的一位，学术著作、职位级别、择偶成家，都优于其他人士。

老张说他正在写回忆录。老王完全理解，人老了，不甘心闹腾了一辈子苦了一辈子最后无声无息地随风飘散，变成一个零蛋。何况现在都是火葬，连尸首都留不下。那就写写回忆录吧，什么三岁丧母七岁丧父，什么奶奶是美女妈妈是贵族，什么受过欺负也打过抱不平，什么吃了苦中苦最后仍然不是人上人生不逢时死而有憾，什么像过神童像过才子差点当了科长差点得了奥林匹克大奖，还有什么由于爱国坚持不学外语，或者由于博学精通几种文字，甚至还有说某某大人物曾经准备提升他担任厅局长的——大人物已经故去多年，反正死无对证。最后再出来一个小阿飞，告诉旁人回忆录应该怎样怎样写，不应该怎样怎样写。

老王想到这里不由得笑了起来。

笑得老张有点发毛，看来他误会了老王的笑意，他解释说："你是不是笑我为什么用这种老掉了牙的 486 电脑？其实我的大儿子就在美国戴尔公司做事，他给我搬来了 S210263CN，还有 XPX730X，还有 530（E740）什么的，我都没有要。我们单位领导，看到我用这样老式的电脑，也执意要赠送给我一台联想最新款式的笔记本，我也拒绝了。"

老王甚感惊异，他问："为什么呢？"他发现自己的腔调活像小沈阳与蔡明，他羞愧得满脸通红。

老张解释说，他为了更好地掌握工作节奏，不想用太新式的电脑。他还发挥了一番退休后应该以休息、颐养天年为主的道理。他激动地说，只有退了就真退，社会才能和谐。他反问道："我急什么？我又不是野心家。我又不是欺世盗名的骗子。我的回忆录又没有市场，我是为了真理而回忆的，我不需要赶时间。"

老王一口气噎到那里了，半天说不出话来。

老张的 486（又一）

老王在一个场合说起了老张的 486，表示他有点困惑：怎么了，老张？

一位朋友说："唉，这人可真怪。"

第二位朋友说："一般地说，有成就的人多半有个性，有个性的人多半有怪癖，一般人理解不了的。"

第三位评论者说："可惜的是，有成就的人少乎其少，真正有个性的人也寥寥可数，有怪癖的人反而比较多。"

第四位朋友评论说："学成就难，学怪癖易呗。"

第五位朋友说："你们扯到哪里去了？其实说到底是抠门儿，舍不得花钱啊。这一代人苦惯了。"

第六位朋友是个杠头，他说："本来电脑就用不着那么快地更新换代，十个月换一代，太浪费了，太污染了。几万年以前，人类的生活质量比现在好得多。科技疯狂发展，生产力疯狂发展，欲望空前膨胀，这才是人类的悲剧呀。"

第七位朋友比较冷静，他轻描淡写地说："老张其实用不着高性能的电子计算机。他又不设计，他又不玩电子游戏，他也不搞黑客或者反黑客，用个 286 或者 PC 机还不是一样？"

过了一段时间，老王又来到老张家里，发现老张的电脑已经换成联想 K305 了,而且他主动地告诉老王,这台电脑,花了九千多块钱。他没有解释为什么要换摩登电脑。老王也没有问。只是想起众友人的分析高论,老王觉得冤枉。

谁傻

老王在社区绿地散步的时候听到一位遛狗的老年女子大谈她们家的空调设备带来的麻烦。先是缺氟了，不制冷，热得她几乎得了脑溢血；后来是老跳闸，功率太大了，电容太小了；后来增了半天容；后来把她冻得直哆嗦；最后孩子来了，发现她老人家调的温度是摄氏十三度。

老王回家与太太议论一个人怎么会这样笨、这样傻。你是文盲吗？你不知道有空调的控制板吗？即使不认字，你不会随便按一按空调控制板吗？一个键按下去不管用，不能再换个键按按吗？再不然，你不能关电门拔插头吗？

王太太说：我看你才是犯傻呢！人家是文盲？人家当年是人五人六啊，人家还演过电影呢。人家住的是甲户型的房子，咱们住的是丁户型，你说，是住甲户型的人傻还是住丁户型的人傻？人家不过是装傻充愣与众丁户型的小民们开开心罢了，顺便也表明了她们家的空调有多强大！幸好，她倒没有说是调到零下二十五度去了，那她们家还成了冰窖了呢。

听了太太的分析，老王不能不佩服。他并且悟到，凡是觉得别人傻的时候，一定是自己犯起大傻来了。再说男生不论怎么个精法，也比不上女生啊。

他向太太汇报了这个心得。太太说：难得你七十大几了才明白了一点事理。

悲哀

老王的朋友老刘向老王讲述自己学习太极拳的经过。说是两年前，他学会了太极拳二十四式，天天早晨锻炼，自以为很有成绩，但后来被别人看到了，提出他的姿势与意念都不正确，那根本就不叫太极拳，最多只能算是瞎比画。

这样的评论使老刘受到了莫大的打击。近一个月，他掏钱参加了社区里一个太极班，有一位名师前来教授。他很激动，名师讲得比原来的老师详细得多，头顶、步法、四肢、腰背、呼吸……全讲到了。他欣喜若狂，从头学起。

老师讲得太仔细微妙了，高高在上，哲学医学，搏击进退，阴阳虚实，老刘终于还是学不到手，越练越糊涂，越学越不会了。

老刘放弃了学习，想仍然按照旧套路练，大事不好，旧套路他也完全记不起来了。

老刘深深感慨，他喜欢打乒乓球、保龄球，喜欢玩麻将、桥牌、围棋、象棋，他还喜欢跳国际标准舞蹈，喜欢写字和唱卡拉OK，没有一样他拜过名师，经过正规的训练。他说："我算明白了，嘛事咱们都不能较真儿，不能正规学习。一较真儿，一从头学起，咱们就都成了白痴了。"

是啊，是啊！老王一边说，一边觉得有点悲哀。

遗产

这天晚上老王老是睡不着,他估计,原因多半是他喝多了普洱茶。人说普洱茶多么多么好,喝了能软化血管、溶解血脂、降低血压,可能还能美容、延年、养气、调理阴阳寒暑燥湿金木水火土……还说普洱茶里的咖啡因因为多年储放已经失效,不会刺激神经。

其实不然,喝多了照样影响睡眠。

他想,要不要建一个议,申请将普洱茶列入联合国物质文化遗产,将饮茶的习惯与风俗列入联合国非物质文化遗产?要不然,不定被哪国又抢先注了册,变成他们的遗产了。

那么杜康酒呢?红烧狮子头呢?东坡肉呢?李白与李白故里呢?唐装呢?千层底布鞋呢?四合院呢?东北二人转与西北二人台呢?温州方言呢?呆女婿的传说呢?书法呢?河北与湖南农村的毒誓呢?文房四宝呢?文言文呢?螳螂拳呢?两岁就会背诵《道德经》的女童呢?绍兴的霉千张与长沙的臭干子呢?房价与房价调控呢?相声与评弹呢?拔罐子呢?歌曲《潇洒走一回》呢?某某手机段子呢?儒释道三教合一呢?

老王哈哈大笑。伟大的、年轻而又古老的中国啊,你就是最大的遗产,世界的奇迹,也是最有戏的现实。你是物质的奇观，也是非物质的观奇。与联合国相比，我们当年直到现在并到可以预见的未来，阔着呢。比如他老王，难道需要权威机构的承认才能算是个饱经沧桑的中国老头儿吗？

至于被抢注了，更棒了，这样的故事干脆注到吉尼斯大全上去好了。

唉，同胞们太没有信心了！以后谁要是觉得自己的文化意义重大，觉得自己的伟大还没有被充分认同，干脆注册到老王这里不就行了吗！

音乐墙

老王睡不着觉,用右手敲了一下床头的墙,突然一阵乐声响起,好像是大提琴的独奏。

是不是马友友?是不是圣-桑?还是古诺?要不就是舒伯特?是不是《天鹅之死》抑或《圣母颂》?

有一年他是不是见过马友友?是不是与马音乐家在鸿宾楼一起吃过清真席?

要不就是司徒华城?要不就是 X、Y、W?

要不就是"文革"中的小学生,无课可上,学大提琴,等着考进毛泽东思想宣传队?

音乐如水,匆匆流淌而过。对于音乐的记忆如风,说来就来,说没就没。关于记忆的忘记与关于忘记的记忆如电波,如高等数学,如微积分……只有正在忘记着的才需要记忆,只要记忆了肯定就会忘却。他含笑入睡,次日醒来时发现眼角有一粒泪珠。

此后每逢入睡迟慢的时候,他就用左手的食指与中指关节敲一下床头的墙壁,多半会有音乐声音出现。莫扎特、贝多芬、舒曼、柴可夫斯基……断断续续、高高低低、强强弱弱、缠缠绕绕,让老王泪流满面。

我有一面音乐墙呀!他真幸福。

音乐墙

有人听到了

老王将自己的床头墙壁能够敲出音乐来的独得之秘告诉给朋友，朋友们都不相信。他们说，这最多是巧合，例如你的隔壁恰恰在你敲墙壁的时候用MP3、MP4播放了音乐。还有人分析说这是心理专注效应：大城市嘛，哪儿没有音乐？哪儿没有扬声设备？哪儿没有CD、VCD、DVD？哪儿没有家用钢琴？你敲完了墙壁，用心去听，这时候别说大提琴，就是上了床说悄悄话的声音也可能会听到的。

干脆说，你敲不敲墙壁，你下决心听什么就能够听到什么，风雷雨电、笙管琴箫、虫鸟蛙鸣、弦簧鼓镲……诚则灵，没有商量。

老王觉得自己缺少知音，就将这经验告诉了孩子们。孩子们说太好了，只要自己认为听见了，那么当然就是听见了；只要听了会儿就睡着了，那就是绝对地听到了；而且如果一时没有听到，再听二十分钟不就听到了吗？如果二三十分钟听不到，再听三个钟头不结了？听啊听啊听啊，好啊啊啊啊……最后肯定是什么都听到了，也就是什么都听不到啦。

孩子们不太认真，老王无语。

数天后，妻子告诉老王，她头天晚上也睡不着了，她也敲了床头墙,她听到的是德沃夏克的《新世界交响曲》。这回不是李叔同配词的了吧?配上词唱出来的叫"老大徒伤悲"。

怎么会徒伤悲呢?老王激动得热泪盈眶。这才叫"执子之手,与子偕老"啊。

对话

老王在公共汽车上听到两位老人对话。从外表上看,他们应该是老夫老妻。

夫:"今天天气真好……"

(老王一惊,这时车外正刮着狂风,起着沙尘。)

妻:"吃多了,漾酸水。"

夫:"我给寄去了,反正也找不着,也不能不搭理人家呀!……"

(老王想,这可真是鸡与鸭对话。)

妻:"人类历史上有三个大难题,冬瓜、白萝卜和西洋藤椅,绿豆不可能再涨钱了……"

夫:"下车不?下不下车?不下车?下站下不下车?"

(老王想,怎么像是挺高深?禅?道?易?KGB还是以色列情报官的密码……)

妻:"纽约不行,巴黎也不行,伦敦还是不行,东京我就不去,我去也知道它不行!"

(老王想,毕竟是深深地爱着中国啊。)

然后到了站,两个人恩恩爱爱地互相搀扶着下了车,留下了一对渐行渐远的亲密背影。

老王哼哼起了一句歌儿:"幸福的生活万年长……"

茶花女

老王到国家大剧院看了新版的普契尼歌剧《茶花女》,他想不到的是一面看一面回忆起过去,回忆起自己的青年时代。

那时看个歌剧——尤其是意大利歌剧——是个不寻常的事。他是在青年宫看的,东单青年宫原名美琪电影院,日伪时期改名建国东堂,后更名青年艺术剧院。后来拆了。

那时候青年宫的名称带点苏联味道。当时是最好的剧场之一,剧场里有香味。休息室里卖饼干和汽水,还卖书。老王至今保存的两册《古文观止》就是从青年宫买的。

第一次看《茶花女》,女主角是张权演的,男主角是李光羲。导演是苏联来的吧?

这样的歌剧像一个美梦。法国与小仲马,意大利与普契尼,还有苏联。华丽的乐队,华丽的服装,华丽的舞台布景,辉煌的吊灯,动人心弦的故事与唱腔。老王隐隐约约觉得那是另一个世界,现代的与文艺的,欧洲的与端庄的,是一种类似上流社会的存在……那时候他还破衣烂衫、瘦削恐惧、灰头土脸。他在这个世界里自惭形秽,觉得自己不配……

张权的命运是曲折的,世界的命运是曲折的,剧院的命运也是曲折的。不见得准比薇奥列塔好到哪里去。

不，毕竟还是比薇奥列塔与阿尔弗莱德强。

而现在的演出，现在的剧场、演员、舞美，连同灯光，牛了老鼻子啦。看看观众穿的衣裳，不比舞台上的人差。

而我还能重温过往。

最后最后了，他忽然又起了疑惑：不会是青年宫吧，也许是天桥大剧院？记忆力啊，要命的记忆力啊。

N 年畅想曲

这一天,几个老友聚在一起,说起如果 N 年后中国队得了足球世界冠军,捧回了大力神杯,该怎么庆贺。

甲老说:"应该在天安门广场召开百万人庆祝大会,会后彩车游行……"

乙老说:"要在奥林匹克公园竖一座纪功碑,镌刻上所有球员的姓名,并终生给以相当于科学院院士的待遇。"

丙大姐说:"先为历代为中国足球运动做出贡献的前贤默哀,再燃放焰火花炮。"

丁老说:"每个队员发一个实心 24K 金球,另加一套单体别墅。"

戊大姐说:"那得等到猴年马月呀,咱们看得见吗?"

己老说:"就是为了这一天,我们也不能轻易告别人间!"

他说得全场充满悲情。

老王问:"请问,如果过了 N 年,中国足球还是没戏呢?"

庚老耸了耸肩,说:"没戏就没戏呗,中国照样是中国,世界照样是世界,要人照样是要人,草民照样是草民!"

辛大姐说:"事情就是这样,我们的乒乓打得好,我们的足球太次,我们在北京奥运会上已经得到了金牌第一,不也就结了吗?"

凌晨观看比赛

世界杯比赛期间，老王的孩子孙子们闹翻了天，这个来电话，那个来短信，这个半夜里起床，那个凌晨才入睡。

老王下决心，看足球重要，保护睡眠更重要，小八十的人啦，一辈子没有摸过几次足球，不但没有踢过足球，连玻璃球也没弹过呀，跟着哄啥？

他何必跟着起来闹腾什么半夜看球呢？不仅不看，他还发表意见说，掀起看世界杯的热潮完全是一种浮躁，是盲目的全球化，是现代传媒造成的千篇一律与抹杀个性，是屈从时尚、浪费时间，是浪费电器和电力，是高碳生活方式，是发达国家对于发展中国家的文化侵略，尤其是中国人，足球踢得那样臭，还死乞白赖地看什么世界杯？咱们多看看乒乓球与弹玻璃球不行吗？大长了自己的志气，大灭了洋人的威风。

谁知半夜听到了动静，是老伴起来看球去了。老伴一走，老王睡不好了，便起来动员老伴快快回房睡觉。没想到，一到电视机前，正好碰到几个人在抢一个球。他觉得不免无聊，那么多人抢那么一个球做什么？多给几个球不结了？当年的韩复榘讲得有理！但他又不无兴趣，最后这个球能被谁抢去呢？留嬉皮式披肩发的？黑脸的？金发帅哥？大高个子？皮肤煞白的？

凌晨观看比赛

后来他就看了一会儿。他解释说：我不是看球，只是看一堆吃饱了难受的人拼抢……

次日，同一时间，又听见了动静，他又起来了。他连续起了好几天，第二天上午吃完早点再补一小觉，挺舒服。

他看了好几场凌晨的赛事，他与家人朋友热烈地议论球员与球场，他摇摇头说："瞎起哄罢了，有什么大劲？"

他的儿子说："自己找乐也就是了，您还想要什么呢？"

老王评球

老王观球的最大乐趣是不懂装懂,边看边评,边看边总结概括,把球事提升到理论上来。

他说:"你瞧,把人家绊倒了还踩上一脚,这算什么素质啊!"

他说:"不是要球,这是要命啊,一个窝心脚!"

他说:"足球最受欢迎,足球最黑暗……皆知美之为美,斯恶矣。"

他说:"为什么人家球员都长得那么漂亮?"

他说:"小组循环赛事,杀出一条血路,真本事啊。后来的淘汰赛,就一半靠运气了。人生也是这样,杀出血路靠本事,得不得冠军靠运气。"

他说:"德国队踢阿根廷那一场,对于德国与阿根廷队来说,其实是决赛。德国队拼在这一场了,他们的决赛提前了,底下当然踢不动了……"

"不可能每一场都是高潮,不可能每一场都走背运,必然就表现在或然之中……"

"没有比解说员更势利眼的了,进一个球就是战略战术啊、精神面貌啊、团队精神啊,怎么说怎么对;丢一个球就是怎么说怎么错。"

家人向他提出抗议:"我们是在看球,不是在听你讲课……"

家人向他怒吼:"闭嘴!"

老王嘿然,觉得看足球是太无趣了。

又过了几天,老王想:岂止是看足球,踢不了足球的人最爱评足球,就像当不上领导的人最喜欢研究领导,明白不了政治的人最爱谈政治,不看小说更不写小说的人最喜欢评论小说,演不了电视剧的人最喜欢议论演员……一样,评议,是弱者的游戏啊。

章鱼保罗与我们心连心

世界杯已经结束了,老王还惦记着章鱼保罗。

一开初听到一两耳朵章鱼保罗的事,老王的反应是:中国的迷信愚昧太根深蒂固了,一定要取缔,一定不能容忍这种反科学的胡说八道。

后来才知道保罗是先进文明科学最最发达的德国造。

德国人信这个?我原来是那么信德国……

哈哈哈……

你可以不信保罗,你可以不信裁判,你可以不信任何预言和猜测,你可以干脆不信足球世界杯和一切足球竞技比赛,你可以认定争冠军啊、狂欢啊、球迷啊、呜呜祖拉啊其实都算不上什么。

但是在电视荧屏上看了几次老保罗后,老王对它产生了深厚的感情。它被搅进了吃饱了焕发出光与热的人类的游戏,它居然八猜八中,它的成绩超过了任何赌王赌神,它运气好,这又有什么罪过呢?而那些被猜中了败绩的球队的粉丝,扬言要把它烧烤后吃掉,这些恶人啊。

老王愿意用最血腥的语言来诅咒那些想吃保罗的人。

裁判新论

老王与一批老人讨论怎样去改进足球裁判的工作。

大家问：为什么遇到争议不可以重放录像？为什么不能多设几个鹰眼？为什么不能成立仲裁委员会投票决定最后的结论？为什么只能将错就错、一错到底，使一些球队与球员冤沉海底，永远没有昭雪平反之日？

他们当中年龄最大的老刘说："你们怎么不想一想？那是多么激烈的对抗？它怎么可以与网球、台球相比，那些球强调的是高雅和文明，观众连喊叫与鼓掌都受到限制。而足球场呢？那是集体无意识的地方，那是发泄国别或族别情绪的地方，那是闹事的地方。人们要的是万众发狂，那里的运动员与观众基本上都进入了非理性状态，他们期待的是呐喊、是胜利、是狂欢，要不就是怒骂、打架……这种情况下能够使比赛基本上正常地进行下去的保证就是裁判的绝对权力，不能争辩，不能讨论，不能从善如流，不能虚怀若谷，不能改变任何一次判定……"

老刘的一席话令大家五体投地，太深刻了，太精辟了，太有内涵了……

老刘又说："旧中国，足球虽然踢得很差，比现在还差，但是球赛的气氛仍然十分激烈。你们岁数小没有见过，我知道：那个时候的足球裁判人人带着盒子枪，哨一吹完，

裁判新论

输方的球迷涌向球场来揍裁判，裁判掏出盒子枪，向天叭叭叭三枪，然后在保镖的护送下沿着事先计划好的秘密通道逃命……你吹哨的结果是甲队赢，乙队这边的球迷揍你；你吹出来的结果是乙队赢，甲队的球迷涌上去揍你；你吹的结果是平局，结果是两边的球迷跑过来揍你……"

老王连连点首，绝对信服。

但事后，他且信且疑。

电影院

老王的孩子们拉着父母看了两次电影,老王的妻子叹息说:"唉,前几年我国的电影事业不怎么景气,听说是影院都纷纷倒闭了,没想到最近影院还真的火起来了。看来我们国家的电影事业很有进步呀。"

老王的孩子哈哈大笑起来,说:"真有意思,你们不看电影就是电影事业萎缩了,你们看了两回电影就是电影事业发展了,您可真会拿自己当判断真理的标准……"

孩子的话让老王想了好久:可不是吗,年轻的时候他爱读小说,就相信那个时候的曲波呀杨沫呀柳青呀姚雪垠呀写得最好。现在老了,轻易不那么感动也很少读书落泪了,干脆近几年他就没有读过新的小说,就认定当下没有可看的好小说了。有多少人像他一样批评现在已经没有好作品了啊。

……年轻的时候喜欢吃糖葫芦,现在牙不好,怕酸,就认为现在的糖葫芦不好吃了,甚至认为连山西老陈醋的制作也不如过去了。年轻的时候崇拜那么多中外女明星,现在呢,看着谁都没激情了,不免发牢骚,还是胡蝶、周璇、费雯丽、赫本、伊琳娜·斯科布采娃好啊,那时候的明星,真是光彩照人!现在哪还有美女?

能说什么呢,那个动不动夸赞世界的时候,我们是多么年轻啊。

康乐餐厅

老王年轻的时候时而到北京东城区椿树胡同的康乐餐厅吃饭,地方风味,物美价廉,爽心悦目。他们的滑熘肉片与赛螃蟹,给老王供应匮乏的青年时代带来了口腹上的满足,也带来了快乐。

后来,说是由于建设规划的需要,把康乐给迁到安定门脸儿去了。老王前后去过新的安定门的康乐几次,总觉得今非昔比,时过境迁,找不到老康乐的味道与乐趣了。又过了一段时间,说是康乐营业状况不佳,寿终正寝了。

遇到类似麻烦的还有四川饭店、同和居等名店,一串串的,几百年形成的老字号,毁于一旦。

怎么解释呢?地缘商企,环境与餐食的关系,人们到餐馆吃饭,当然不仅仅是为充饥,他们要的还是享受一个环境,一个历史,一个记忆。

当然,餐饮首先是文化。比如东安市场,东安市场的国强西餐与国风日餐,东来顺、森隆与五芳斋……一片一片的,都没有啦。

更简明的解释就是风水,风水的说法虽然不科学,然而有实用价值,而且是能帮助人们做事更科学更慎重些的。而主观的、唯意志的、横蛮的工作作风,是违逆风水与定数的啊。

老腌儿萝卜

一位老友前来,带来了一大包软包装的老腌儿萝卜,并说他们家乡的土法腌制的这种咸菜如何如何好吃。老友走后,太太吃了一次,说完全不是味儿,一点也不好吃。

老王觉得蹊跷,一个老友何必发布虚假广告呢?他试着尝了尝,发现非常美味。

他把自己的感受告诉给妻子。经过认真体察与详细分说,最后弄清楚了,这种萝卜,腌制后显得细长,老王太太以为是腌黄瓜呢,她怀着对于酱黄瓜或酸黄瓜的期待吃腌萝卜,当然叫苦不迭。

自从知道了那不叫黄瓜而叫萝卜之后,老王夫妇吃得津津有味,边吃边叹,赞不绝口。

老王逢人就讲这个故事,而且声称他懂得了孔夫子为什么一辈子要搞什么正名啦。以黄瓜名萝卜,你这一辈子,还能吃得出味道来吗?老王还说,你与我都曾经碰到过不少明明是大萝卜却被命名为黄瓜,因而左右不合格不受待见的晦气事儿呢。

笔帽

一位当了作家的老王的老同学到老王家做客，临走时给老王送了一本书，他拿出自己的自来水毛笔，给老王签了名，并写上"老王学兄指教"的字样，使老王高兴了好一阵子。

客人离去，过了几个小时了，老王发现客室中的沙发桌上有一个笔帽。老王大惊，那么好的日本造自来水毛笔，没有了笔帽就会干掉，太可惜了。他要是干脆把笔忘在他这里，至少他还可以使用。现在，他只有笔帽，没法使用，作家朋友没有笔帽，也无法保存毛笔，还是不能使用。怎么办呢？怎么办呢？

他给老同学打电话，没有人接，作家嘛，忙，这不是十年了头一次来看望他，他再啰唆起来没个完，多讨厌……

不再提此事？倒也是，人生的损失啊遗憾啊多了去了，又何必斤斤于一个笔帽？

老王胡思乱想，他想到世界上有多少人和物，承受着有笔而失去笔帽，或者是有笔帽而没有了笔的痛苦。

比如一个贼，偷走了一只鞋……您说这叫什么事儿呢？

这委实是一个难过的事，今年最大的难过事之一。唉，谁让他太渺小，太低水准，连找上个更有名堂的悲哀都并不容易呢。

未来

老王家的对过儿，出现了一批高级铺面房。老王无端地相信，这里边应该有一个邮局、一个工商银行、一个医疗诊所，也许还有一个中药铺。他们家离这一类店铺太远了，随着年龄日大，他太希望能就近解决各种需要了。

过了几天，传出消息，说是这一片房屋将提供给福利彩票机构。老王有些失望，但一想，有限地闹那么一点福利彩票，也不一定是坏事，可以推行某些福利事业，可以满足游戏心理哪怕是侥幸心理，可以让一些人就业，可以逗你玩与逗自己玩……万一要中一回特等奖呢？就让大家同时做着这样的梦过日子吧。

过了几个月，挂出了牌子，有一个大门脸将作为棋牌室使用。不久又出现了说法，说是有些棋牌室可能会搞变相赌博。当然，你看不出来，客人们只玩筹码，现钱的进出玩完了再结算。

老王有点忧心忡忡，他安慰自己说，管那么多干啥？社会在前进，人们的生活空间与活动内容正在延伸，旧的不得温饱的矛盾解决了，必然会出现新的矛盾，再过许多年还不是一样？美国或者欧洲还不是一样？

又过了两个月，棋牌室的字样不见了，变成了什么咨询公司。老王更糊涂了，咨询个啥？公司个啥？其他更多的房子呢？世界日新月异，老王只见老来不见长进，一边待着去吧。

咨询公司的字样也不见了，又说是要变成函授学校了……到底这一片房子会派上些什么样的用场呢？

又有人说，其实还没有装修好呢，根本就没定下来到底会怎样使用。修好了，再招商，然后才知道。

老王想起了年轻时看过的苏联导演导的契诃夫的话剧《万尼亚舅舅》，那里面有句台词：

"我真想知道呀，我真想知道呀！"

知道就知道，不知道就不知道。未来在前边闪耀着，像灯光，像皮影，像水面的涟漪。我们等待你，未来！

缠腰龙

整数生日到来的时候，好多老友来看望老王，并送来了许多补品：枸杞、灵芝、虫草、红参、当归、黄芪、蛋白粉，等等。

越老越补，越补越老，感情深，补得亲，感情好，补到老，感情厚，补不够，终于会到达不必再补也不能再老的境界。老王觉得有趣。

老王天天狂吃补药。

一个月后，老王胃疼如绞，看了急诊，拿了助消化、止痛与消炎的药。

两天后，更疼了，又去看，又开了取了药。

三天后，后腰疼痛起来……如此这般，说不是消化系统病症，是在老年人中相当时尚的带状疱疹。老王笑道，原来人们把带状疱疹说得那样邪乎，却原来不过如此。

不料，开始一段还好，过了一个月后，老王痛苦得悲观起来了。

又一个月过去了，更疼痛了。

又一个月过去了，仍然同样的疼痛。

他吃了药打了针瞧了中医，可能有效，他坚信有效，但疼痛基本上没有变化。

呜呼人生，呜呼生老病死，呜呼老王老矣，呜呼盲目进补,害死人矣,哀哉!

快过五个月了,终于见好了。一些老朋友见到老王,都夸奖老王气色红润、精神饱满、老当益壮了。

甚至有人说腰上显龙是大吉,明年就是龙年嘛。

唉唉,哈哈,喝喝,噢噢,咯咯……老王一阵晕眩。

围巾、头巾

已故老友的两个女儿看望老王夫妇来了。她们的孩子在英国留学,她们刚刚从英国探亲回来,说是给老王带来了围巾,给老伴带来了头巾。大不列颠及北爱尔兰联合王国的纺织品,当然是第一流的。他们应这两位孪生姐妹的建议,戴上围巾头巾,摆出幸福与超小康、全球化与时尚化的高尚架势照相。深感一代代亲人新人成长起来,一代更比一代强,改革开放赛天堂,拿来主义今实现,头巾围巾赛蜜糖!

友人的两个女儿已经退休。什么?我们已经是退休者的上一代退休者了!天啊,改革开放三十年,"文革""跃进"已失传,朋友闺女退休矣,老王犹自舞翩跹。

送走客人以后,他们发现,围巾没有了,头巾也不见了。老伴说,她亲眼看见,二位闺女把二巾卷巴卷巴放到型号一流的提包里拿走了。

老王说,没事儿,咱们家各种巾包括手巾、浴巾、纸巾、消毒巾、头巾、围巾、汗巾、纱巾……都够用到此生光荣结束的时候了。

老伴说,也许她们受了英国的影响?也许八〇后送礼只是为了照相?老王说,她们并不是八〇后,她们的女儿,即他两人的女儿的女儿才是八〇后呀。

围巾、头巾

这时门铃大作，两闺女回来了，二人哈哈大笑，说是一时犯糊涂，竟下意识地把应该留下的礼物重新放入提包拿走了。二人叹息，毕竟是领退休金的人喽，老啦，不行啦。

老王后来与老伴总结：你老？你以为光你老了？她们他们很快也就老起来了，快得很。

同时老王与老伴很感惭愧：怎么能把责任推给英国与八〇后呢？英国发动过鸦片战争不假，但并没有伪送礼的习俗。八〇后嘛，趁着年轻，足足地牛几年吧，说话间，九〇后、〇〇后、一〇后乃至二〇后就赶上来、顶过去了。老王愿为他们祝福。

古城

老王和一批教授专家去参观新近被列为联合国重点文物的一个宋代原貌小城。人们大为惊叹：太漂亮了，太迷人了，太具有民族特点了，太有历史感了，太有文化了。

然后他们抨击：新盖的楼房算什么呀？古国原貌全破坏了，民族特点全消失了，这样下去，中国就是世界上最没有文化的地方了。

夸奖完了弹丸小镇，吃了一顿当地官员的宴请，留下了一些国之瑰宝、世界第一、独具特色、思古幽情、万古长青之类的题词墨宝，大家都回到丑陋的大城市的丑陋的大酒店的丑陋的客房去了。

美丽

老王到过边疆的一条河边,河流狂暴、河岸陡峭、河水混浊,他觉得这条河很美丽。

老王到过一个树林,林木葱葱,树叶在地上铺了一层又一层,他觉得这个树林很美丽。

老王到过海滨,他看着潮水滚滚、白浪滔天、日出其中、月出其里,他觉得这大海很美。

老王到过欧洲的城市,他看到雕像喷泉、石堡宫殿,他觉得这城市很美丽。

老王愈来愈老了,哪里也不去了,他看着旧时的照片,想着逝去的光阴,觉得这一切很美丽。

美丽（续篇）

老王发现，有些他年轻时喜爱去的地方没有留过影。比如他喜欢去的一个面馆，面馆的幌子和门面都是无与伦比的，现在，这个面馆已经没有了，在原来的地方矗立着的是一个五星级旅馆。

又比如，往日的庙会、旧时的婚礼、荷花金鱼缸、夏日的萤火虫、老式的有轨电车，等等。

他想，没有照片为证，它们也是一样的美丽。

再回头看看高楼大厦、霓虹灯、新建筑，他觉得也挺好。